ハーレクイン文庫

情熱を捧げた夜

ケイト・ウォーカー

春野ひろこ 訳

HARLEQUIN
BUNKO

THE ANTONAKOS MARRIAGE

by Kate Walker

Published by Harlequin Japan, a Division of K.K. HarperCollins Japan, 2024

情熱を捧げた夜

◆主要登場人物

スカイ・マーストン……………会社員。
アンドリュー・マーストン……スカイの父。
クレア・マーストン……………スカイの母。
テオ・アントナコス……………実業家。
シリル・アントナコス…………テオの父。
ベレニス…………………………シリルの愛人。

1

テオ・アントナコスは近々、新たに継母ができると知って、非常に気が重かった。

母が亡くなってからというもの、父シリルの人生をいったい何人の愛人が通り過ぎていったかわからない。そのうちの三人はいっとき父の妻となったが、たいていはさほど長続きしなかった。

どうやら、まもなく五人目のアントナコス夫人が誕生するらしい。彼女が前の妻たちと比べて長続きするとも思えなかったが、それでも今夜、テオが落ち着かない気分でいるのは多分にその女性のせいだった。

彼はワイングラスに手を伸ばし、芳醇な赤ワインを飲み干した。

もともと活気に満ちたロンドンは好きだ。人通りの多い道、照明、車の騒音は故郷アテネを思い出させる。

しかし、この十月の夜のように暗く、じめじめとして寒いときは、いちばんいたくない場所だった。背中を温めてくれるギリシアの日差しや、彼の一族が所有する島に打ち寄せる波音が懐かしい。母国語の響きが、家族が、我が家が恋しくてたまらない。

すべてはその日の朝に届いた一通の手紙から始まった。父が長い沈黙を破り、ついに連絡してきたのだ。

「おいおい、いいじゃないか、赤毛の彼女。座って、おれたちと一杯飲めよ」

いささかろれつのまわらないせりふに続いて笑い声が聞こえてきた。テオが振り返ると、若い男二人がテーブルのそばに立ち、ビール瓶を傾けて中身をテーブルにこぼしている。

だが、何よりもテオの目をとらえて放さなかったのは、彼らではなく、一緒にいる女性だった。

こちらに背を向けているので顔は見えないが、息をのむほどすばらしい女性であることは間違いない。そのすばらしいスタイルは、たちまちテオの欲望を刺激した。

赤褐色の長く豊かな髪は、薄暗いバーの中でもところどころ金色に輝いている。背はすらりと高く、華奢(きゃしゃ)な肩とくびれたウエストを持ち、しかも体にぴったりの黒いドレスに包まれたヒップは、引き締まって形がいい。ドレスの丈がとても短いため、薄手の黒いストッキングをはいた優美な脚はほとんどあらわになっていた。

テオはこの三カ月間、女性なしの生活を送ってきた。彼女に惹(ひ)かれた最大の理由はそれだろう。エヴァと別れて以来、彼の生活にガールフレンドは一人も存在しなかった。

その気になれば、相手はいくらでもいた。自分の容姿が女性の気を引くことを、テオは自覚している。それに一族の富と、彼自身が努力して手に入れた富が加われば、一夜を過ごす相手には事欠かない。テオが望みさえすれば。

しかし、最近のテオはただ楽しむだけでは満足できなくなっていた。もっとたしかなものを求めるようになっていた。

ただし、その相手はエヴァではない。彼女はウエディング・ベルと結婚指輪を夢に見ていたが、それをテオは徹底的に打ち砕いた。その結果、彼女は去った。エヴァは、望みのものが手に入らないとわかってもなおつきまとうような女ではなかった。

そして、率直に言って、彼女と別れてもテオはさびしいとは感じなかった。

「いいえ、本当に遠慮するわ」

突然、赤毛の女性の声が響き、店内は一瞬静まり返った。

声もすばらしい！　女性にしては驚くほど低く、ハスキーで官能的だ。キングサイズのベッドの上で、その声にささやきかけられるところを想像しただけで、テオは口の中が乾き、下腹部がうずいた。ところが次の瞬間、彼女の声音が不意に変わり、彼は現実に引き戻された。

「私は〝遠慮する〟と言ったのよ」

テオは思わず立ちあがっていた。女性の声には、不安に加え、はっきりと拒絶の響きがこもっていた。彼女が不愉快な思いをしているのは明らかだった。

まずい事態になったわ、とスカイ・マーストンは悔やんでいた。

実のところ、目の前の男二人と話を始めてすぐ、そのことに気づいていた。彼らが声をかけてきたとき、あいまいな態度だったのが間違いだった。

このバーに入ったのはほんの気まぐれからだ。雨が降りしきる外とは対照的に、店内は客で込み合い、明るく暖かそうに見えたのだ。スカイは誰かと一緒にいたかった。一人きりでいると、悪いことばかり考えてしまう。

ホテルの支配人を務める父親の金銭トラブルが、本人がこれまで認めていたよりもずっと深刻であるとわかったのは、ひと月ほど前だった。父は借金をなんとか整理しようとして、ホテルのオーナーでギリシア人の億万長者、シリル・アントナコスの金を拝借するという愚行を犯し、それが発覚してしまったのだ。告訴されれば、長期間の服役は必至だろう。

〝私はいま刑務所に入るわけにいかないんだ、スカイ！〟娘に事情を告げたとき、父はそう言って涙を流した。〝クレアの具合がこんなに悪いときに！　どうか助けてくれ！〟

〝私にできることがあれば、なんでも言って、お父さん〟スカイはとっさに応じた。

母クレアの心臓病は長年、家族の心配の種で、最近になって病状が悪化した。次に受ける手術が成功しなければ、残るは心臓移植しかなかった。

〝私はどんなことでもするわ……ただ、どうしたら力になれるかわからないのよ〟

だが、父のアンドリューにはわかっていた。窮状からの脱出方法をシリル・アントナコスから提案されていたのだ。スカイは父の話に耳を傾けながら、その提案において自分がいかに重要な役割を担っているかを知り、戦慄（せんりつ）を覚えた。シリルは跡継ぎの誕生を望んでいた。そのためには妻が必要だ。ところが現在、シリルは何度目かの離婚をした直後で、妻がいなかった。それで、跡継ぎを産ませる相手として、彼はスカイを選んだのだ。もし彼女がシリルの妻となり、子供を産めば、アンドリューを告訴しない、と。

父を刑務所行きから救うため、スカイは父親よりも年上の男性と結婚することを求められたのだ。

そして明日、返事をすることになっている。今夜スカイが一人で街に出かけ、最後の自由を満喫しようとしたのはそのためだった。

彼女は大きなガラスのドアを押し開け、バーへと足を踏み入れた。しかし、入るなり後悔した。

バーには大勢の客がいたものの、どの客にも連れがいるように見えたからだ。それに、たとえ一人で来ている客がいたとしても、いまの彼女ほど孤独にさいなまれているとは思えない。そう感じさせる雰囲気が店内には漂っていた。

スカイがきびすを返して店から出ようとしたとき、一人だけ、隅のほうにぽつんと座っている男性が目に留まった。

彼に近づいて、話しかけられるだろうか？　それこそ、スカイがこのバーに足を踏み入れたそもそもの目的だった。誰か話し相手を見つけ、いまの苦しいほどの孤独感を忘れ去ること。つかの間の自由とやすらぎの時間を得ること。

もっとも、その長身の男性はスカイの希望を満たしてくれるタイプには見えなかった。椅子にゆったりと座り、見るからにくつろいでいる様子だが、こちらがどきっとするような迫力があり、抑制された力強さに危険なにおいを感じる。

それでも彼のことが気になって店を出ていくのをためらい、立ち止まったとたん、そばのテーブルから声をかけられた。

「やあ、彼女、誰かを捜しているのかい？」

例の男性に気を取られていなかったら、反射的に笑みを浮かべ、何か適当なことを言ってその場を離れただろう。しかし彼女はすでに立ち止まっていたうえ、どういうわけか言うべき言葉が思い浮かばなかった。

テーブルについていた男二人が、その夜を彼女と過ごそうと考えているのは明らかだった。彼らのにやついた顔や、彼女の体をなめまわすいやらしい目つきに、スカイは落ち着きを失った。二十二歳の自由な独身女性として過ごす最後のチャンスを求めていたとはいえ、この展開は彼女が考えていたものとはかけ離れていた。

一緒に飲もうという誘いを、許しを乞うような笑みで断ろうとしたとたん、金髪の男のほうが勢いよく立ちあがった。そしてスカイがあとずさると、もう一人の黒髪の男が手を伸ばし、あざができそうなほど強く彼女の腕をつかんだ。

「ほう、おれたちなんか相手にできないっていうのか?」

「いいえ……ただ……私、人を、ボーイフレンドを待っているのよ。彼が……彼とここで待ち合わせをしているの」

金髪の男はわざとらしく店内を見まわした。「すっぽかされたんじゃないのか。あんたのボーイフレンドは来ていないようだ」

「ちょっと遅れているだけよ」

「おれの考えを言ってやろう。あんたの恋人は来ない。それどころか、あんたは嘘をついてるって気がするな……そんな恋人なんか本当は存在しないんだろう」

「いや、存在する」

背後から聞こえた声にスカイは驚き、猫のように飛びあがりかけた。外国語なまりが強く、セクシーで深みのある声だった。私は夢を見ているのかもしれない……窮地に立たされた私を、理想の恋人が助けに来てくれる夢。

夢ではなく、現実だった。彼女にからんでいた男たちが呆然と目を見開き、スカイの背後を見つめている。彼女の腕をつかんでいた黒髪の男の手が緩み、離れた。

「あっ」

スカイの口から小さな驚きの声がもれた。背後から筋肉質の腕が伸び、ウエストにまわされたのだ。力強く引き締まった体が背中に押し当てられ、ぬくもりがジャケットを通して伝わってくる。男性の発する熱が彼女の肌を通り抜け、魂を焦がすように感じられた。

スカイの胸の中に、私はこの見知らぬ男性に守られている、安全だ、という気持ちがわきおこった。彼の温かさと力強さがスカイを包み、息が耳をくすぐる。そして、彼の肌から立ちのぼる香りが快い。

「遅れてすまない、ダーリン」男性はハスキーな声でスカイの首筋にささやきかけた。

「会議がよく長引くのは君も知ってのとおりだ。でも、なんとか駆けつけてきたよ」

「ええ……」返事というより官能的なため息のようになってしまったが、スカイにはそんなことを気にする余裕はなかった。

この見知らぬ男性に触れられただけで、たちまち全身が燃えるように熱くなっている。彼の顔は見えず、スカイの目に映っているのは、ウエストにまわされ、組み合わされた手だけだ。

その手はとても男性的だった。大きくて骨太で、力強い。洗練された高価そうなジャケットの袖から白いカフスとしゃれたプラチナ時計がのぞいているが、指輪はしていなかった。

「僕を許してくれるかい?」

「ええ、もちろん!」

ほかになんと言えただろう? スカイはきちんとものを考えることができなくなっていた。わずかに残っていた思考力も彼が次にとった行動のせいで完全に吹き飛んでしまった。シルクのような髪が頬に触れたかと思うと、突然うなじに熱い唇が押し当てられ、スカイは息をのんだ。心臓が早鐘を打ちだし、陶然として彼のたくましい肩に頭をあずける。

「おいおい」

見知らぬ男性の声には、おもしろがるような響きとたしなめるような響きが混在していた。

「ここではだめだよ、ダーリン」彼はいたずらっぽい口調で続けた。「家に帰るまで待ってくれ」

家に帰るですって! 私はこの人と家に帰ったりするつもりは……。

スカイは彼に抗議しようと口を開きかけた。

「もう行こう、かわいい人。お友達にさよならを言うんだ」

そう言われ、スカイははっとした。もう少しで、これが芝居だとお友達に知られてしまうところだった。実際に抗議の言葉を口にしたら、たちまち二人が恋人同士でないことが彼らにわかってしまっただろう。

「さようなら。話し相手になってくれてありがとう」

それにしても、思いがけず私の窮地を救ってくれたこの男性は、いったい何者なのかしら？　スカイは胸の内で自問した。

彼は長身でたくましい。スカイの手を取り、指をからませた。「おいで、ここから出よう」それだけは、ちらっと横目で見たときに確認できた。しかし店内は薄暗いうえに、彼の背中を見る形になっているため、顔はわからない。しかし、スカイのとまどいをよそに、男性は決然とした足取りで店の玄関へと歩いていく。彼女はただついていくしかなかった。

店の外に出て、石段を下りて通りへ出ようとしていたとき、スカイはようやく声をかけた。

「待ってちょうだい！」

男性が唐突に立ち止まり、それから勢いよく彼女のほうに向き直った。明るい街灯のもと、スカイはその男性の顔を初めてまともに見た。

覚えのある顔だった。黒い髪、すっと通った鼻筋、そして漆黒の豊かな髪。

「あなただったの！」

ついさっき、バーで目を引かれた男性だった。スカイのほかにただ一人、あのバーに同伴者なしで来ていた男性。理由はわからないながらも、本能的に恐れを感じて、近づくのをためらった相手だ。

心の奥底で、スカイは悟ったのだ。この男性に近づくときはよほど慎重に対処しなければいけない、と。

こうしてそばで見ると、その思いはますます強まった。きわめて危険で、圧倒的な魅力が感じられる。なんて男らしいのだろう、とスカイは思わずにはいられなかった。

彼はスカイがふだん知り合いになるようなタイプではなかった。

故郷の男性や職場の同僚とも、これまでに経験した数少ないデート相手ともまったく違う。彼は私の経験や知識をはるかに超えた存在だ。

私が太刀打ちできる男性ではない、とスカイは強く思った。

2

「あなただったの、だって?」

彼女の驚きの言葉に対し、テオはできるかぎり落ち着いた声で応じたが、実際は自制心などほとんど残っていない状態だった。

触れるべきではなかった。彼女に触れたとたん、激しい欲望がこみあげ、全身が溶けてしまいそうな感覚に襲われた。

だが、相手の女性がたったいま見せた反応は彼の予想とは異なるものだった。

彼女も僕と同じ気持ちだと思ったのに。

そうでないなら、どうして僕の肩に頭をあずけ、もたれかかってきたりしたんだ?

「君は誰かほかの男を待っていたのか?」

「い、いいえ……そういうわけでは」スカイは口ごもった。「ただ……助けに来てくれたのがあなただとは思いもしなかったから。ありがとう」

「なんでもないさ」

テオは片手を振って、彼女のしどろもどろの礼に応じた。欲求不満にさいなまれているせいで、不機嫌になっていた。なお悪いことに、いまはバーの玄関の照明に照らされて彼女の顔がはっきりと見える。後ろ姿と横顔から想像していた以上の美しさだ。

色白で卵形の顔に、驚くほど淡いグレーの瞳や、信じられないほど長く濃いまつげ、そして、キスを受けるためにつくられたような柔らかそうな唇。その唇が自分の肌に触れることを考えただけで、テオの体は激しく反応した。

「ご挨拶がまだだったわ」

彼女は堅苦しく片手を差しだした。

「私は……スカイ……です」

名乗る前に見せた一瞬のためらいと、姓を言わなかったことから、彼女が身元を明かすほどテオを信頼していないことがわかった。それは彼にとっても好都合だった。

「アントンだ」彼はうなるように言った。

「アントンね」

スカイが繰り返すのを聞いて、それが偽名であることを彼女は知っているか、もしくは感じとっているのだろう、とテオは考えた。

だとしてもかまわない。ここイギリスでも、アントナコスの名、そして富は知れわたっている。そのアントナコス家の一員であると知ったら、無関心だった相手も急に関心をいだくのが常だ。

このスカイという女性が何者かまったく見当がつかなかったので、テオも自分の身元を明かさないことにした。

もっとも、いまのところ、スカイが彼に関心を寄せている気配は露ほどもなく、彼女はしきりに視線を通りへ走らせている。

「誰か捜しているのかい？」

くそっ、僕は最初から大変な勘違いをしていたのだろうか？　彼女の言う〝恋人〟は架空の存在だと思っていたのに。いや、架空であってほしいと願っていた。

正直なところ、テオはスカイを自分のものにしたかった。そのためなら、なんでもするつもりになっていた。

「君が連中に話していた恋人というのは本当にいるのか？」

「あら、いいえ。あれはあの二人から逃げるためについた嘘よ。誰かを待っているんじゃなくて……タクシーを探しているだけ」

「行きたいところを言ってくれれば、僕が送っていく」

「それには及ばないわ。タクシーで充分よ」

その言葉には、テオと距離を置こうとする意図が明確に込められており、実際、体を離すよりも大きな隔たりが生まれたように感じられた。

黒いタクシーが近づいてくるのを見てスカイは手を上げたが、遅すぎた。側溝にたまった水をはね飛ばしながら、タクシーは勢いよく通り過ぎた。

「行きたいところを言ってくれれば、僕が送っていく」

さきほどとまったく同じせりふに、スカイはあわてて彼の顔を見た。顎がこわばり、黒い瞳には硬い光が宿っている。

せっかくの申し出を断ったせいで、彼の気分を害してしまったんだわ。

「私……分別ある態度をとろうと思っただけなの」

「それには少し遅すぎるんじゃないか？」

「どういう意味？」

「なにしろ、バーで君が陥っていた状況は、〝分別ある〟人間が直面するものとはとうてい思えなかったからね」

「あれは私が自分から求めたことじゃないわ！」スカイはぴしゃりと言った。「たまたまああいうことになってしまったのよ」

「僕は車で送っていくと言っているだけだ」

「申し訳ないけれど――」

「女性が困っていたらできるかぎり力になれ。僕はそう教えられて育ったんだ」アントンはいらだたしげに遮った。

「それなら、タクシーを止めて……お願い」

「だめだ」

彼の声は冷たく、断固たる響きがあり、スカイは体じゅうの血が凍りついたように感じた。

「タクシーなど必要ない。僕がどこへでも君を送っていく」

スカイはぞっとして目を閉じた。娘が見知らぬ男性の車に乗って帰宅したら、父がどんな顔をするか、考えたくもなかった。将来の婚約者がその行為をどう受けとめるかはもっと考えたくない。

今夜だけ、同年代の女性たちがしばしばしているようにちょっと羽目を外してみようだなんて、なぜ考えたのかしら？　束縛の檻（おり）に一生閉じこめられてしまう前に、完全に自由で無責任な、向こう見ずな夜を過ごそう、などと。

若さゆえの自由を与えられていたときも、スカイはそうした生き方がどうしてもできなかった。それなのに、いまになって、今晩だけそんなふうにできるわけがないのだ。

「だったら、自分でタクシーを止めるわ」

本当は目の前の男性からではなく、自分自身から逃げようとしているのだと知りつつ、スカイは勢いよく身をひるがえそうとした。だが、彼女が立っていた場所は、自分で思っていたよりもずっと歩道の端に近かった。靴のかかとが縁石に引っかかり、妙な具合にねじれた。

「スカイ、危ない！」

傍らにいた男性がとっさにつかまえてくれなかったら、スカイは頭から車道へ倒れこみ、迫りくる車の真ん前に身を投げだすところだった。気づいたときには、スカイは鋼のような腕に抱き締められていた。

頭はアントンの胸に強く押しつけられ、頬に彼の鼓動が感じられる。バーで彼が背後から腕をまわしたときと同様に、スカイは体が熱くなり、心臓が彼の鼓動に合わせて早鐘を打ち始めた。清潔な男らしい香りを吸いこみ、骨がとろけそうになる。昔からずっとここにいたような錯覚にとらわれ、まるで我が家に帰ったようだわ、とスカイは思った。いまいるこの場所こそ彼女の本当の居場所であり、世界じゅうで彼女がいちばんいたい場所であるかのようだ。小動物が寒く厳しい外界から逃れてやすらぎを求めるかのごとく、スカイはアントンにすり寄った。そして彼のシャツに顔をうずめると、両手をジャケットの下に滑りこませて彼の引き締まったウエストにまわした。

アントンの顔が近づいてきて、夜になって伸び始めた髭(ひげ)が彼女の頬に軽く触れる。信じられないことに、彼の熱い唇が首筋や耳の後ろに押し当てられ、ため息まじりのささやき声が彼女の感じやすい耳たぶをくすぐった。

「スカイ、帰らないで……一緒にいてくれ！　僕と一緒にいてくれ」

「え？」

いまのは空耳かしら？　信じられないわ、彼がそんなことを言うなんて。アントンのような男性は、私みたいな娘に一緒にいてくれなんて頼んだりしない。それに、私とはいまさっき会ったばかりだというのに。

それとも、本気なのかしら？

彼の表情を読もうと、スカイは顔を上げた。まさにそのとき、アントンが顔を寄せてきて唇を重ね、情熱的なキスが始まった。たちまちスカイの体に快感が稲妻のように走る。

これは現実じゃないわ。そう思ったのもつかの間、次の瞬間にはもう頭が混乱し、スカイは何も考えることができなくなった。

アントンの唇は罪深いほどに誘惑的で、そのキスは魔法めいた力でスカイをとりこにした。彼女は我を忘れ、自分がアントンの一部になったような思いにとらわれた。唇を開いて彼の熱いキスにこたえ、吐息をもらす。それは降伏のしるしにほかならず、激しい欲望が体の奥のほうで生じて、脚の付け根が甘くうずきだした。

スカイの足が地面から浮きそうになるほど、アントンは彼女をきつく抱き締め、豊かな髪に力強い手を差し入れた。雨脚がさらに強くなり、気温が下がってきていたが、情熱の世界を漂っていたスカイはまったく気づかなかった。

遠くで誰かがひやかしの口笛を吹くのが聞こえ、二人はしぶしぶ唇を離した。どちらも息が乱れ、目を大きく見開いている。お互いのあいだに燃えあがったあからさまな欲望の炎に驚き、陶然とした表情で見つめ合った。

「私……」スカイは口を開いたが、さきを続けることができなかった。たったいま起こった出来事の真の意味に、頭を殴られたかのような衝撃を受けていたからだ。

これこそ男と女というものなんだわ。欲望や激情、渇望といった言葉の裏に隠されていた本当の情熱を、私は今夜まで知らずにいた。

今夜まで。

その言葉がスカイの脳裏で弔鐘さながらに鳴り響き、目に涙がこみあげてきた。むごい運命がすでに私の将来を決めてしまった今夜になって。こうした喜び、こうしたたぐいの幸せは、私には一生手に入らないとわかったあとで。

〝今夜を逃したら、チャンスはもう二度と訪れないわよ〟

心の中でささやく声がした。

「スカイ？」

アントンと名乗った男性に優しく呼ばれ、スカイは自分が長いあいだ無言で、救いのない思いにふけっていたことに気づいた。

アントンの熱い体はいまも彼女を包んでいた。手の力は弱められていたものの、スカイは彼のたくましい体に抱き締められ、彼の欲望のあかしを腹部に感じていた。キスをしながら彼女も感じた欲望。いまも彼女のあらゆる神経、あらゆる血管をうずかせている欲望。

この人は私と同じくらい欲望をかきたてられていたんだわ……そして、いまも。

でも、私たちは今夜初めて会ったのよ。

「君を傷つけはしない」

アントンの声は低く、かすれていた。自分に男性の欲望を刺激する力があることを知って、スカイは驚いた。それも彼のような男性に、こんなにも背が高く、堂々として魅力的な男性に対して。

「約束する、君は安全だ。誓って……」

スカイの心臓が激しく打っている。自分が何を迷っているのか考えただけでパニックを起こしそうだった。しかし、痛いほどの欲望が彼女の心と体をとらえて放さない。

これがもっと前に起きてくれていたら。このアントンという男性にもっと早く出会っていたら。

明日、すべてが変わる。明日から、私の人生は私のものではなくなってしまう。

スカイは下唇を噛んだ。

明日。

この一週間、スカイは自分を取りまく苦境から逃げだせるよう祈ってきた。逃げだすことを夢見て、そのチャンスが訪れるのを願ってきた。けれども、そんなチャンスは訪れなかった。あまりに多くの人の人生が彼女の肩にかかっている。先週まではそのことに多少なりとも疑問をいだいていた。ところが、今週になって母の病状がきわめて深刻になり、わずかにいだいていた希望も粉々に打ち砕かれた。自分一人が苦境から逃げだし、両親を見殺しにするわけにはいかない。

それでも、私には今夜がある。

今夜は、少なくとも一時的には、私はあらゆる重圧から逃げだせる。夢と官能的な喜びの世界に逃避することができる。私の人生でただ一度、ほんの数時間だけ、いましがた味わったような情熱と陶酔を経験できる世界に。

シリル・アントナコスとの結婚でいちばん受け入れがたいのは、望まぬ結婚の初夜が彼女にとっての初体験となることだった。スカイはバージンだった。純潔を捧(ささ)げたいと思うような男性には一度も出会ったことがなかったのだ。

いままでは。

スカイは、六十歳に近い男性が自分の初体験の、しかも生涯ただ一人の相手となることが耐えられなかった。ほんのちょっと触れられただけで、自分が炎のように燃えあがってしまうこの男性と出会ってしまったいまは。

〝約束する、君は安全だ。誓って……〟

彼に私のフルネームを教える必要はない。そして明日になれば、午前零時を過ぎたシンデレラさながら、過酷な現実が再び私を取り囲む。

それでも、私には今夜がある。彼にイエスと言う勇気さえ出せれば……。

「スカイ、いったいいつになったら返事をしてくれるんだ？」

スカイはなんとか答えようとした。喉をごくりと鳴らし、必要な自制心を、そして勇気を振りしぼろうとする。

ところが、アントンが長い指を顎の下に差し入れてきてスカイの顔を上向かせたため、彼女は漆黒の瞳を真正面から見る形になった。スカイはその瞳に吸いこまれ、深みにはまった。

アントンの顔がゆっくり近づいてきて、二人の唇が重なり合う。今度のキスにはさきほどのような激しく荒々しい情熱は感じられなかった。柔らかく、穏やかで、胸が張り裂けんばかりに優しい。スカイは魂を奪われ、全身が溶けてなくなりそうな気がした。そして体が小刻みに震えだし、彼が支えてくれていなければ、その場にくずおれてしまったに違いない。

「さあ、答えてくれ、僕の美しい人」

アントンのささやき声は、二人の頭上に広がる黒いベルベットのような夜空にも似て、豊かで深みがあり、誘惑の危険に満ちていた。

「君は帰るのか、それとも、僕と過ごしてくれるのか」

僕の美しい人。スカイは夢心地だった。

これまで誰一人として彼女を美しいと言ってくれなかった。たったいま彼にキスをされたときのような気分にしてくれたことも。

彼女がアントンに返せる答えは突然、一つだけになった。

朝が訪れて現実に直面したら、私は後悔するかもしれない。でも、一つだけたしかなことがある。もしいまノーと答えてしまったら、これ以上ないほどに激しく後悔するだろう。

スカイはありったけの思いを込め、アントンにキスを返した。

「答えはイエスよ」ささやくように言う。「今夜はあなたと一緒に過ごすわ。でも、一つだけ条件があるの……」

3

明かりをつけ、部屋の中を険しいまなざしで眺めまわしたあと、テオは眉をひそめた。

「本当にここでいいのか？」

ホテルの一室としては問題ない部屋だった。少なくとも清潔で、相応の広さがあり、寝心地のよさそうなベッドが置かれている。

とはいえ、まったく人間味が感じられない。機能的だが、温かみに欠けている。テオは今夜こんな部屋に泊まることになろうとは夢にも思っていなかった。

もっとも、今夜にかぎっては、テオが予想もしなかった出来事の連続だった。

「私たちは見知らぬ者同士」スカイは言った。「私はそれを変えたくないの。あなたは私が何者か知らないし、私もあなたのことを知らない……それが条件よ」

そんなのは絶対に承服できない！　最初、テオはそう思った。事実、彼は身をこわばらせ、スカイに背を向けて立ち去ろうかと考えた。しかし彼女はまだテオの腕の中にいて、テオの欲望をかきたて、頭をもうろうとさせている。熱い血が体内をすごい勢いで駆けめぐっていた。

スカイを手放すわけにはいかない。

もしいま別れたら、彼女は僕の前から永久に姿を消してしまうだろう。夜の闇の中に消え、僕は二度とスカイに会えなくなってしまう。行方を捜すすべはなく、これ以上、彼女について何も知ることができなくなってしまうのだ。

「注文の多い女性だな」テオはかすれた声でぶっきらぼうに応じた。

スカイは考え直す気配をみじんも見せなかった。淡いグレーの瞳で彼をひたと見据えてから、やおら口を開いた。「条件をのんでくれなければ、ここでお別れよ」

スカイは細い指をテオのシャツに滑らせた。そのわずかな動きによって彼女の香りがあたりに漂い、テオの五感を鋭く刺激した。

彼女に触れられて、肌が熱く燃えあがり、心臓がどうしようもなく激しく打ち始める。

この女性をいま立ち去らせてしまったら、僕は一生自分を呪って過ごす羽目になるだろう。

「君が望むことはなんでもするよ、レディ」その言葉は本心にほかならなかった。「君が望むことならなんでも」

そして、彼女の望みとは、互いの身元を明かさないことだった。

少なくとも今夜は。

今日のところはスカイの言葉に従おう。いささか口の重い女性は彼女が初めてではない。しかし、いついかなるときも明日という日はやってくる。明日になったら、質問攻めにして、必ずや明確な答えを引きだしてみせる。〝条件をのまなければここでお別れ〟などという関係ではすまされないことを、彼女に納得させるのだ。

「スカイ?」あとについて部屋に入ってきた彼女が返事をしなかったので、テオは尋ねた。「どうしたんだい? 気が変わったのか?」

そうなのかしら、とスカイは自問した。私はさっきの返事を撤回したい? それが私の気持ちなの?

今夜一緒に過ごすなら、お互い知らない者同士でいたいと告げたとき、アントンはひどく驚いた様子だった。

彼が立ち去るのではないかとスカイは感じた。顔つきから、アントンは彼女のばかげた提案を却下しそうに思えた。冷たく、決然とした表情になったからだ。ところが、目をしばたたいたかと思うと、次の瞬間、彼はゆっくりとうなずいたのだった。

スカイは過去から現在へと意識を引き戻し、答えた。「いいえ」緊張のあまり口調がきつくなり、声も冷淡でよそよそしくなっている。そのことに気づいて、彼女はみじめな気分になった。「気持ちは変わっていないわ。ただ……」

ただ、私はこういうことが得意じゃないの。

もう少しで告白するところだったが、目を閉じることでいま感じている恐ろしいまでの不安から逃れた。胃がよじれ、体じゅうの神経がみるみる緊張していく。

「ただ？」

彼の声が驚くほど近くから聞こえたので、スカイは目を開けた。アントンが目の前に立っている。腕を伸ばすまでもなく、ほんのちょっと手を上げるだけで彼に触れることができそうだった。

スカイはアントンに触れたかった。彼の肌や髪に触れたときの感触を思い出し、指先がうずく。

もしいま自分の唇に舌を滑らせたら、麝香（じゃこう）を思わせる清潔で男性的な彼の味をまだ感じることができるだろう。あの味わい、あの興奮をもう一度経験したい。何も考えられなくなり、切望しか存在しなくなるような、あの熱気をはらんだすばらしい感覚に身をゆだねたい。

この人が欲しい。

「ただ？」アントンはもう一度尋ねた。声がさきほどよりも荒々しい。

あなたに抱いてほしい……すべてを忘れさせてほしい……。

「ただ、もう一度キスをしてほしくて」

「そんなことか！」笑いを含んだ彼の声には勝ち誇ったような響きがあった。「お安いご用さ」

自分の魅力をよく心得ている男性らしい自信に満ちた手つきで、彼はスカイを抱き寄せた。

「さあ教えてくれ、かわいい人……」彼女の顎の下に手を滑らせ、顔を上向かせる。「どこにキスをすればいい？　ここかな？」

スカイの額に温かな唇が触れた。まるで蝶（ちょう）が舞い下りたかのような、軽く繊細なキスだった。彼女の唇が開き、喜びの吐息がもれる。

「それともここかい？」アントンはスカイの頬を愛撫（あいぶ）しながら、すばやくこめかみのすぐ下にキスをした。「もしかしたらここ？」次に唇でそっとスカイのまぶたを覆い、彼女の目をゆっくりと閉じさせた。

スカイは官能の繭に閉じこめられ、視覚以外のあらゆる感覚が鋭くなった気がした。落ち着いた彼の息づかいや、低い胸の鼓動が聞こえてくる。周囲にはコロンとまざって彼のさわやかで男らしい香りが満ちている。不意に手を握られ、スカイははっと息を止めた。彼のぬくもりがスカイの肌を焦がし、指先をこわばらせる。

体の内側がとろけるようで、あらゆる緊張がスカイの体から抜けていった。甘い欲望がうずきだし、体の隅々まで情熱の波が広がっていく。

「手始めとしては悪くないわ」やっとの思いで言ったあと、スカイは自分自身の大胆さにびっくりした。目を閉じているうちに自然と度胸がついたらしい。

自分を抱いている男性も、その目に浮かんだ表情もスカイには見えなかった。できるのは感じることだけだ。これまで知ることのなかったひそやかな官能の世界に浸り、もっとたくさんのことを経験したいと感じていた。

すべてを知りたい。貪欲にすべてを経験したい。

だが、アントンはゆっくりと事を運ぼうとしているようだった。スカイがかすかにじれったそうな動きを見せると、彼女の唇を指でそっと押さえた。

「そんなに急ぐことはないよ、いとしい人。時間は朝まであるんだから」

朝まで……。

その言葉はすばらしい響きを持っていた。君が耐えうるかぎり、尽きることのない喜びを与え続けよう、と約束されたような響きだった。しかし、スカイはそうした時間が飛ぶように過ぎてしまうことを知っていた。いかにあっけなく終わってしまうかを。

これは、私が官能的な喜びを知る一度きりのチャンス。無駄にするわけにはいかない。

いいえ、無駄にするわけないわ。私の体はすでに期待と渇望から燃えあがっているのだから。スカイはアントンの腕の中で震えながら、彼女を支えてくれているそのたしかな抱擁に感謝していた。

「アントン……」

「わかっているよ、かわいい人」その声に新たに加わった優しさが、彼がいかによく理解していたかを物語っていた。「君がいまどう感じているかはわかっている……でも、信じてくれ。いまはゆっくり進めたほうがいい。待つほうがいいんだ。僕に任せてくれ……君に教えたい……」

アントンは再びキスを始めた。彼の唇はスカイのこめかみから顎へと熱い軌跡を描きながら下りていき、やがて唇をとらえた。スカイの思考力はもはや消えてなくなる寸前だった。しかし、彼女にはどうしても忘れてはならない、重要で現実的な問題が一つあった。私にあるのは今夜だけ。今夜の営みの結果が形となって残るような悪夢は避けなければならない。そんなことになったら、私ばかりか、家族にも最悪の不幸が降りかかってしまう。

「あなた……」彼の唇の誘惑に逆らうのは容易ではない。それでも、スカイはきかなければならなかった。「あなたは……避妊具を持っているの?」

「もちろん」アントンは間を置かずに答えた。「ホテルの売店にはなんでもある」

「ああ、そうね」

実際よりも自信に満ちて聞こえるよう、スカイは祈った。

アントンがチェックインをするためホテルの受付に向かったとき、スカイは急に臆病(おくびょう)風に吹かれ、ちょっとごめんなさい、と言って化粧室へ逃げこんだ。そのとき、彼は売店で避妊具を買ったのだろう。彼女が戻ったときには、アントンは部屋のキーを片手にエレベーターのそばで待っていた。

「だから安心して、僕にすべてを任せてくれ」

不意に、わずかな束縛さえ邪魔に感じられ、スカイはハイヒールを脱ぎ捨て、アントンの腕に身をゆだねた。すると、彼はスカイの足が床から浮きあがりそうなほど強く彼女を抱き締めた。アントンはすでに自分が高まっていることを隠そうともしない。その感触に身を震わせながらも、スカイは彼の首に腕をからませ、シルクのような黒髪に指を差し入れた。

こんなにも体が生き生きと感じられるのは、スカイにとって初めての経験だった。胸がひどく敏感になり、硬くとがった頂は痛いくらいにうずいている。

スカイはアントンに軽々と抱きあげられ、ベッドへと運ばれた。彼は青と緑のベッドカバーの上にスカイをそっと下ろし、唇を重ね合わせたまま、鮮やかな手つきで彼女の服を脱がせた。レースのブラジャーは、彼の燃えるような視線の前ではなんの役にも立たなかった。

あるいは、抜け目のない手の前でも。

アントンの熱い手がピーチカラーのレースの上から胸のふくらみをそっと撫で、硬くなった先端を指でつまむと、スカイはぱっと目を開いた。アントンは彼女に覆いかぶさっている。そのため、スカイは彼の黒く輝く瞳をまっすぐ見あげる形になった。

「アントン――」あとを続ける暇もなく、スカイの口は再び彼にふさがれた。

「目を閉じて、ずっとそのままでいるんだ」

彼はスカイのまぶたにキスをして閉じさせ、彼女をもう一度ベルベットのような闇の中へといざなった。

「見ないで、ただ感じるんだ」

アントンの手はすでに彼女のブラジャーを外し始めていて、その指は円を描くように頂のまわりをさまよっていた。

「これを、感じてくれ……」

しかし、スカイは優しい愛撫だけでは物足りなくなり、やみくもに手を伸ばした。そしてたくましい肩をつかむなり、アントンを引き寄せてキスをする。

「お願い……教えて……」スカイははっとして、言葉をのみこんだ。

バージンだとアントンに知られてはいけない。疑われるだけでも、まずい。彼のように世慣れて洗練された男性が、愛し方もろくに知らない娘と関係を持ちたいと思うわけがない。

アントンはうぶな小娘なんて欲しくないはず。自分と同じくらい経験豊富であか抜けた女性を求めているに違いない。バージンだと知られたら、私は恥ずかしさで死んでしまうだろう。

「どうしたらあなたを喜ばせられるか、教えて」スカイはあわてて言い直した。

「君は何もしなくていい」アントンはつぶやくように応じた。

欲望にかすれたその声を聞いて、スカイは胸が高鳴り、思いがけず勝ち誇った気分になった。

目を閉じていれば、私は彼が求めるような女性になれるかもしれない。未経験の自分を忘れられるかもしれない。そして、目を閉じていれば、手を伸ばし、彼に触れたいという欲求におぼれてしまえるかもしれない。

目をつぶったままでも、スカイはアントンのシャツのボタンを難なく外すことができ、じかに熱い肌に触れることができた。ぞくぞくするような興奮に、彼女はなおも手を動かした。すると、彼がうめき声を発し、スカイはうれしくなった。アントンも私と同じように感じているんだわ。

「まったくすばらしい……」

「あなたも悪くないわ」

思いがけず、さりげない口調で言うことができ、スカイは我ながら驚いた。いざ服を脱がされる段になると怖じ気づくのではないかと心配していたのだ。暖房がきいているため、肌がむきだしになっても、少しも寒くない。それに、目を閉じているせいで、アントンの視線が自分の体に注がれているとわかっていても、顔を赤らめずにすんだ。

だが、彼の手の感触は無視できなかった。きめ細かい肌にアントンの指が触れた瞬間、スカイは息をのみ、もう少しで体を丸めて拒みそうになった。

それでも、彼の愛撫を受けているうちにすばらしくセクシーな気分になり、体から力が抜けていく。渇望感がつのり、体がもっと、もっと、と叫んでいる。実際に口に出せたのはすすり泣くようなせつない吐息だけだったが、それは彼女の欲求がいかに強いかを物語っていた。

アントンの愛撫の手はだんだんと激しく、切迫した動きになっていく。スカイが身をよじると、彼は彼女の肩から胸へと唇をはわせ、張りつめた頂を口に含んだ。

スカイは言葉にならない声をあげ、誘うように体を弓なりに反らした。

「お願い……」

彼女に言えたのはそれだけだったが、何を懇願しているのかは自分でもわからなかった。愛撫をもっと続けてほしいのか、それとも、信じられない快感で失神してしまう前に愛撫をやめてほしいのか。

スカイを悩ませるいたずらな手が柔らかな腿の内側を撫であげた。続いて、彼女の体を覆う唯一の衣類となったシルクのショーツを脱がしていく。

こんなふうにすべてをさらしたらどぎまぎするに違いないと思っていたが、そんな恥ずかしさは渇望に押し流されてしまった。これこそ私が求めていたもの、必要としていたものだわ。これこそが……。

そしてついに、アントンの手は、スカイがこれまで誰にも触れさせなかった、もっとも秘めやかな場所に達した。その瞬間、彼女の思考力は官能の喜びに砕け散った。抑制をきかせたアントンの巧みな愛撫に我を忘れ、あえぎ声をもらしながら、欲望をかきたてる指先に自らを押しつける。ずきずきとうずくような快感が波のように次から次へ押し寄せてきて、これまで知らなかった強烈な快感に彼女は陶然となった。

それもつかの間、アントンがスカイの白い腿のあいだに体を滑りこませ、彼女の熱く潤んだ部分に向けて腰を押しだした。スカイにためらいや不安を感じる時間はなかった。考え直したり、経験のなさを心配する時間も。

アントンはすばやく、たしかな動きで一気にスカイを貫いた。すでに彼を迎え入れる準備ができていたので、初めてであるにもかかわらず、スカイが感じたのは軽い痛みとかすかな違和感だけだった。ほんの一瞬、スカイが目を開けると、驚きと当惑の表情で見下ろしているアントンと目が合った。

しかし、それはわずかな時間だった。アントンは再び体を深々と沈め、スカイの中で力強く動きだした。彼に貫かれるたび、快感の上に快感が、情熱の上に情熱が生じ、スカイは歓喜のあまり全身が溶けてしまったように感じた。

体じゅうを駆けめぐる信じられないほどの快感を味わいつくすには、目を閉じているほうがずっといい。スカイは再びまぶたを閉じて枕に頭をあずけ、息をするためにかすかに口を開いた。

彼女の全神経は働くことをやめ、意識は原始的な欲望に支配され、自身の生命の中心、ただその一点に集中していた。

彼女ははるかなる高みへとのぼっていった。これまで存在さえ知らなかったはずなのに、なぜか本能的にそれを追い求めていた極限の場所へ。そしてとうとう限界に達したとき、意識は彼女の体を離れていくつもの星がはじける空間へと飛びだし、恍惚の極みへ、完全なる無の世界へと落ちていった。

テオもすぐに彼女に続いた。深い充足感から大きな声をあげると、自分を熱く包んでいる女性のことと、乱れ打つ自らの鼓動以外、何もわからなくなった。

夜がふけるまで、彼はその夢のような状態から抜け出ることができなかった。官能の喜びと引き換えにはまりこんだ疲労の深みからはいあがろうとし、現実を、自分がどこにいるかを、認識できそうになった瞬間は何度かあった。

もう少しで。

ところが、そうして現実に戻りかけて身動きするたびに、伸ばした手や脚に温かく柔らかな女性の体が触れた。すると、まるで電流に触れたような衝撃を受け、再び情熱に火がついた。それはスカイも同じで、二人は眠りの淵からよみがえるなり、お互いを求めた。そして、原始的な欲望に突き動かされるまま、奔放な営みに没頭したのだ。

テオが深い眠りについたのは、体力の最後のひとかけらさえも使い果たしたときだった。そのため、明け方にスカイがそっとベッドを抜けだした際も、彼は身動き一つしなかった。

眠っている男性の黒髪や、彫りの深い顔を苦しいほどに意識しながら、スカイは彼を見ることもできず、ぎこちない手つきで服を身につけた。この部屋を出ていきたくなかった。なんの変哲もないありきたりのホテルの一室でありながら、彼女にとっては天国にも思えるこの部屋を。

　ここから一歩出たあとのことを考えると、涙がにじんでくる。私はあのドアを出て、たった一度だけ知ることのできた輝かしい世界に別れを告げ、冷たく残酷な人生に戻らなければならない。

　私は再び現実という檻に閉じこめられ、いまのいままで手にしていたすばらしい時間は単なる思い出と化してしまう。

　スカイはアントンの寝顔にキスをしたくてたまらなかった。しかし、ほんのちょっと触れただけでも起こしてしまうのではとないかと恐れ、思いを遂げることはできなかった。目を覚まさせてしまったら、あの深みのある黒い瞳が、ゆうべスカイを忘我の境地にさまよわせてくれた瞳が、彼女をまっすぐに見つめるだろう。スカイには、アントンが眉をひそめ、どこへ行くのかときつい口調で尋ねる光景が目に浮かぶようだった。

もしも、これとは異なる状況でアントンと出会っていたら、私たちにも未来があったかもしれない。もしも……。

だめよ！　スカイは自分をいさめた。

そんなことを考えたら、決意が揺らいでしまう。

行かなければいけない。いますぐ、できるだけ早く。

スカイはストッキングをはく手間を惜しんで素足のまま靴を履き、ジャケットとバッグを手にして戸口に歩み寄った。

ドアの取っ手に手をかけてそっと開けると、蝶番（ちょうつがい）がきしむような音をたてた。スカイはパニックを起こしそうになったものの、次の瞬間には廊下に出ていた。慎重にドアを閉め、安堵（あんど）のため息をついてから足早にエレベーターへ向かう。

身元を知られるような忘れ物がないか、スカイは懸命に頭の中で考えた。すぐにそんな忘れ物はいっさいないと確信できたものの、彼女の心にやすらぎは生まれなかった。

というのも、スカイはあの部屋に魂の大切な一部を置いてきてしまったからだ。

4

「あと五分で到着します」

「わかった」

テオはパイロットの言葉にうなずいた。実際は言われなくてもわかっていた。父が所有する島、ヘリコスの姿が、少し前から見えていたからだ。

この島でテオは育った。

少年時代、父に無理やりほうりこまれたイギリスの寄宿学校から帰るときは、アテネからの空路、島に近づいたことを示すどんな小さな目印も見逃さなかった。ヘリコプターの窓から身を乗りださんばかりにして、眼下に広がる景色のほんのわずかな変化にも目を留め、懐かしい我が家へと続く何十もの小さな無人島を眺めた。

そしてついにヘリコスの島影が見えてくると、ようやく訪れた休暇の始まりを祝って、テオはいつも大きな歓声をあげたものだった。

しかし、今回は興奮に胸が高鳴ることも、大きな喜びの声をあげることもなかった。海岸線が近づいてくるさまを、皮肉っぽい陰気な表情を浮かべながら眺めていた。ヘリコスに戻ってきたのは五年ぶりだが、そこはもはや彼にとって我が家とは言えなかった。父との不和のせいだ。そのうえ、父の新しい妻のこともある。

エンジン音が微妙に変化し、機体が降下を始めたのがわかるとテオは顔をしかめた。これ以上の面倒は勘弁してほしい。だが、現在までにわかっているわずかな情報からすると、今度の結婚が恋愛結婚でないことは明らかだった。ビジネス上の取り引きに近いらしい。

「以前とそれほど変わっていないでしょう」

パイロットの声がヘッドホンを通して聞こえ、テオの物思いを遮った。

「ああ、少しも変わっていないように見える」

輝く海に浮かぶ島にテオは視線を注ぎ続けた。話をしたい気分ではなかった。それどころか、ここにこうしていること自体がいやでたまらない。父が新たに選んだ低俗な女に挨拶をし、礼儀正しく接するよう努めなければならないとは。シリル・アントナコスの選ぶ女性は知性的であったためしがない。最新のアントナコス夫人となる予定の女に会う今夜のディナーは、テオの忍耐力が試される場となるだろう。とくに、女性に関しては、いまの彼の心はまったく別の場所にあるのだから、いっそうの忍耐が必要とされるのは間違いなかった。

あの日の朝、目を覚まして、自分の隣のシーツが冷たくなっているのを、彼女の姿が消えているのを知って以来、テオはスカイという不思議な女性を忘れることができなかった。信じられないほどすばらしい一夜をともにした女性を、この一週間、彼は捜し続けた。しかし、手がかりがほとんどないとあっては、むなしい努力だった。

すべてを忘れ、彼女のことを頭から追い払ったほうがいいのはわかっている。だが、たったひと晩で、テオは彼女のとりこになってしまった。眠れば、夢は彼女と分かち合った熱く官能的な光景で満たされる。夢の中で抱き締めると、なめらかな肌をしたスカイの細い腕と脚が彼にからみつき、彼女の香りにとろけそうになる。

夢から覚めれば、心臓は早鐘を打ち、まるで本当に彼女と愛を交わしていたかのように体が汗ばんでいる。そして当然のごとく、彼の下半身は、いやされることのない渇望で燃えるようにうずいていた。

できることなら、テオはヘリコスには戻ってきたくなかった。何か適当な口実をでっちあげてでも。しかし、父と仲たがいをしてからかなりの月日がたつ。たとえ本心からではなくても、父のほうから和解の意思を示されれば、テオとしても歩み寄らざるをえなかった。

屋敷は彼の記憶しているとおりだった。二階建ての巨大な白亜の家は海を見下ろす崖(がけ)の上に立ち、一階にも二階にも広々としたベランダがあって海を見晴らせる。大きなアーチをくぐると、楕円(だえん)形のプールがある中庭(パティオ)になっていて、プールサイドに立つ平屋のコテージは客用の離れとして使われていた。

テオが玄関に近づくと、ドアが開いて、小柄でふくよかな女性が足早に出てきた。

「テオ様！　おかえりなさいまし！」

「アマルテア……」

テオは愛情あふれる抱擁を受けた。アマルテアはテオの乳母で、実の母を幼いときに失った彼にとっては母親同然の存在だった。

「僕はどの部屋を使うのかな。以前の僕の部屋？」

アマルテアは黒い瞳を曇らせ、白髪の増え始めた頭を振った。「お父様がコテージを使うようにとおっしゃいまして」

つまり、息子と和解したいという父の意思は、僕が考えていたほど強くはないわけか。テオは皮肉とあきらめの入りまじった境地で思った。父は、好きになるのも、愛するのも難しい相手だ。すぐに腹を立てるし、いつまでも根に持つ。父の結婚式に招かれたという事実は、和解のためのささやかな一歩にすぎないらしい。

「僕の部屋は誰が使っているんだい？」テオはいぶかしげに眉をひそめて尋ねた。挙式は今月末で、招待客はまだ誰一人着いていないはずだ。

「新しくアントナコス夫人となられる方です」

「父さんの婚約者か？」

テオは驚いた。父が、花嫁となる女性と別の部屋で寝るとは。

「どんな女性だ?」

アマルテアは瞳をくるりとまわし、テオの前でだけしか見せない非難の表情を浮かべた。

「ふだんのだんな様のご趣味じゃありませんね。とても美しい方ですが」

「それはいつものことだ」テオは皮肉っぽく応じた。「いつだって美人しか選ばないんだから。それで、父さんはいま家にいるのか?」

「用事があって村にお出かけです。ディナーまでにはお戻りになります。婚約者の方ならいらっしゃいますよ。もしご挨拶をなさるのなら――」

「いや、いい」テオは遮った。「ディナーまで待つよ」

そうすれば、ばつの悪い対面を一度にすませられる、とテオは思った。もっとも、父の婚約者と礼儀正しく世間話をする程度なら、父とのどんな会話よりもずっと気楽だろうけれど。

「僕は荷ほどきをしてから……ちょっとひと泳ぎするかもしれない」

ここが私にとっての我が家になるんだわ。

スカイは海を見晴らす窓に背を向け、ため息をつきながらベッドに腰を下ろした。

ここしばらくはひどく不安定な精神状態が続いていて、何かの拍子に泣きだしそうになる。今後のことを考えると、取り乱さないよう自分を抑えるのが精いっぱいだった。

　でも、ここに座ってくよくよ考えていたところで何も変わりはしない。そろそろこの寝室から出て、この家のことをもっとよく知らなくては。私は死ぬまでここで暮らす羽目になるのだから。

　スカイはこみあげてきた涙を手の甲でぬぐった。さきほど実家の父に電話をしたところ、母がまた入院したという。母は再手術を受けなくてはならないのだ。それも近いうちに。医師たちの話では、安静が肝要で、ほんの少しの無理も命取りになりかねないという。

　ギリシアを訪れ、スポラデス諸島を見たいと以前から願っていたスカイにとって、こんな形でそれが実現したのは皮肉としか言いようがなかった。写真でしか知らない海や白い家、さんさんと降り注ぐ陽光を、彼女はずっと夢に見てきた。ところが、いまやそれがひどい悪夢に変わってしまった。目が覚めても逃れられない悪夢に。スカイは孤独で、途方に暮れ、そして将来におびえていた。

「ああ、お父さん！　どうしてあんなばかなまねをしてくれたの？」スカイは口に出して嘆いた。

　もしも……。

　いいえ、だめ！　もしも、なんて考えてはいけない。それを夢に見ることさえ。最後にだけど、もし先週、あの何かに取りつかれたようなあやまちを犯さなかったら。

ひと晩だけ自由な夜を過ごしたいという衝動に身を任せたりしなかったら。

そしてアントンという圧倒的な魅力を持った男性を知らなかったら。私をベッドにいざない、忘れられない情熱の一夜を経験させてくれた男性に出会わなかったら。

私は彼のことを永遠に忘れはしない。

でも、だからこそ、いまの状況がつらくなってしまった。ぞっとするほどに。あの一夜がなければ、私は今後の展開をある程度落ち着いて受けとめられたかもしれない。しかし、いまの私はすっかり途方に暮れている。ほんのつかの間とはいえ、まったく異なる未来があることをアントンに見せられてしまったばかりに。この先、どうやって耐えていけばいいのだろう？

それでも耐えなければならないのだ。たとえ、この胸がつぶれようとも。

「いいかげんにしなさい、スカイ！」彼女は強い口調で自分に言い聞かせた。「しっかりするのよ。いまの自分にできることをやるしかないの！」

少なくとも、忙しくしていることはできるわ。余計なことをくよくよ考えないように。

シリル・アントナコスは村へ出かける前にこう言っていた。〝くつろぎなさい。この家は君のものだ。映画室やプールも自由に使っていい〟

プールがいいわ！　体を動かせば気分もまぎれるはず。それに、うまくいけば、今夜はその疲れでぐっすり眠れるかもしれない。

スカイは引きだしを開け、新品の白の水着を捜した。学生時代に着ていた濃紺の水着しか持っていないことを知ったシリルが、もっとしゃれた水着を買うよう強く主張したのだ。疲れきるまで泳げば、気を失うように眠りに落ちることも期待できる。慣れないベッドに横たわり、白い天井を見つめながら、あの一夜のことを思い出したりせずに……。

それとも、眠りに落ちるほうがかえってつらいだろうか？　毎晩のように、スカイは情熱的な夢を見てしまい、よく眠れなかった。ホテルの一室で、筋肉質のすらりとした体に寄り添い、力強い腕に抱き締められたまま、漆黒の瞳に見つめられる夢。朝、目が覚めると、寝苦しい夜を送った証拠にシーツが体にまつわりつき、ひどく乱れていた。

夢の記憶に、スカイは思わず身を震わせた。

それから気を取り直したように立ちあがると、スカイは白い水着に着替え、タオルを持ってプールに向かった。

テオはすばやく荷ほどきを終えた。暑い午後で、一刻も早くプールの冷たく澄んだ水に飛びこみたかった。彼はそそくさと黒い水着に着替えてパティオへ行き、白いタイルの上を素足で静かに歩いていった。

予想外にも、すでに誰かが泳いでいた。テオは驚いて立ち止まり、眉を寄せて観察した。均整のとれた体が水を切ってプールを端から端へと往復している。均整のとれた体を持つ女性、ということは、おそらく父の婚約者だろう。しかし、彼のいるところからはよく見えない。彼女は反対側の端へ泳いでいくところだったし、体の大半は水に隠れている。ときどきちらりと見える黒っぽい髪、水をかく細い腕、引き締まったヒップ……。

いったい僕は何を考えているんだ？　父親の婚約者――今月末には義理の母となる女性をこんな目で眺めるとは。

しかし、本当に父の婚約者だろうか？　僕が考えていたよりもずいぶんと若いようだが……。

今度の婚約者には結婚歴があって、プールで泳いでいるのはその娘ではないのか？　誰にしろ、こちらがどぎまぎするほど、彼女はあの謎(なぞ)めいたスカイという女性を思い起こさせる。

とにかく、僕がここにいることを彼女に知らせたほうがいいだろう。のぞき魔みたいに思われてはたまらない。

「こんにちは(カリメラ)」

だが、声が届かないらしい。あるいはギリシア語がわからないのか。テオの口もとに皮肉っぽい笑みが宿った。僕は父の婚約者がギリシア人かどうかも知らない。それだけでも、僕と父の仲がいかに疎遠になってしまったかがわかろうというものだ。僕の知るかぎり、父がこの前親密になっていたのは、地元の村の女性だったが。

「こんにちは」テオはもう一度、今度は英語ではっきりと言った。プールの女性は向こうの端に泳ぎ着き、顔をぬぐっている。「ご挨拶したほうがいいと思うんですが」

何かおかしいと感じたのは、女性が背を向けたまま身じろぎもしなかったせいだった。彼女が突然、そのまま固まってしまったかのように動かなくなり、テオは眉をひそめた。

あんなに驚くなんて、僕が何を言ったというんだ？

こちらの端からでさえ、彼女がプールのへりをぎゅっとつかみ、華奢（きゃしゃ）な手の関節が白くなっているのが見てとれた。

あの手……。

テオは腹部を強く蹴（け）りあげられたような衝撃を受けた。

冷たい雨が降るロンドン。たばこの煙が充満するバー。二人の男の笑い声。

「なんてことだ（テオス）、まさか！」

僕は幻を見ているに違いない。

しかし、ギリシアの暖かい日差しを受け、彼女の背中まで落ちる豊かな髪――水に濡（ぬ）れてさきほどまで黒っぽく見えていた髪は、すでに乾き始めていた。そして乾くにつれて色が明るくなり、実際は赤褐色であることがわかった。

「嘘（うそ）だ……」

こんなことがあるわけがない。

だが、それなら、なぜ彼女はこちらに背を向けたまま凍りついたように立っているんだ？　ほっそりした背中をこわばらせ、華奢な手でプールのへりをつかんだまま？

なぜ振り向いて顔を見せ、僕のひどくばかげた妄想を打ち砕いてくれないんだ？

彼女は……まさか……。


「スカイ？」


背後であがった声を初めて聞いた瞬間、スカイはその場に釘づけになり、それっきり考えることも息をすることもできなくなっていた。

〝こんにちは〟と彼が声を発した瞬間、無慈悲な手が時間を超えて伸びてきて、過去へぐいと引き戻されたように感じた。

〝こんにちは〟

ギリシアの明るい日差しの中で聞こえたのはその一語だけだったが、彼女の頭の中で鳴り響いたのは〝いや、存在する〟という言葉だった。

ロンドンでのあの夜、豊かで少しハスキーな、かすかに外国語なまりのある声で、アントンが初めて発した言葉。

でも、それがどうしていまここで聞こえるの？

私の妄想に違いないわ！　聞こえるはずがないもの。彼がここに姿を現すなんてありえない。運命はそこまで残酷ではないわ。

だが、そう思いこもうとした瞬間、〝ご挨拶したほうがいいと思うんですが〟という言葉が聞こえてきて、スカイは激しいめまいを覚えた。

視界がぼやけ、胃がきりきり痛む。

そこへ、最悪で恐ろしい、決定的な事態が訪れた。

「スカイ?」

彼女の名が呼ばれたのだ。あの夜、彼女が聞いたままの声で。彼女の名は、穏やかに、ハスキーに、そして情熱的に、何十回となく呼ばれた。最後に名を呼ばれたのは、アントンがスカイの中でクライマックスを迎えたときだった。

本当にアントンなの?

恐ろしい運命の扉を開けてしまう気がして、スカイはその名前を声に出す勇気が出なかった。幻覚であってほしいと必死に願っているのに、声に出せばたちまち現実になってしまいそうだった。

「いったいどうしたというんだ?」

怒りに満ちた厳しい問いかけに、スカイはもはや不安に耐えきれなくなり、振り向いた。たしかめなければ。

彼は腰に手を置き、プールの反対側に立っていた。逆光のため、顔を見るには目を細めなければならなかった。もっとも、顔がよく見えなくてもスカイにははっきりとわかっていた。心臓がどきどきと打ち、いまにも胸から飛びだしそうだ。息もできず、衝撃と恐怖で頭も働かない。

そのせいか、あるいは太陽のまぶしさに目がくらんだのか、プールのへりをつかんでいた手が滑り、スカイは水中に没した。

目に耳に水が押し寄せ、何も見えず、何も聞こえない。下へ、下へと体が沈んでいく……。

そのとき、すぐ近くで人の気配を感じたかと思うと、大きな体が飛びこんできて、彼女の体に腕をまわした。そしてすぐさま水面へと引っ張りあげた。気づいたときには、スカイはプールの浅いところへ運ばれ、優しく体を支えられたままあえいでいた。

「落ち着いて」さきほどの声が言う。「深く息を吸って」

できるものならそうしているわ、とスカイは心の中で言い返した。

顔を見なくても、彼がアントンであることはいまや疑う余地がなかった。たったひと晩の逢瀬(おうせ)とはいえ、スカイはこの男性の体をよく覚えていたので、思い違いなどありえない。がっしりした胸板、胸から腹にかけての引き締まった筋肉。鎖骨の上のほう、喉もとに近い場所には三日月形の傷跡がある。そうした体の特徴に加えて、麝香(じゃこう)を思わせる特有の香り。その香りとプールの消毒剤のにおいがまじった、強烈に男らしい香りが、スカイの鼻を刺激した。

「ありがとう」やっとの思いで礼を言ったものの、スカイの声は完走したばかりのマラソンランナーのように苦しげだった。

「どういたしまして」

慇懃(いんぎん)に答えるその声には冷ややかさが感じられ、スカイははっと顔を上げて彼の黒い瞳をのぞきこんだ。

アントンはそれ以上何も言わなかった。彼はスカイをなかば引きずり、なかば抱えるようにしてプールから上がる石段へと導いた。それから彼女を腕に抱きあげ、タイル張りのプールサイドを歩いていき、木製のデッキチェアの横に下ろした。

彼に手を離されたとき、スカイは思わず抗議の声をあげそうになり、下唇を噛(か)んでこらえた。

アントンに抱かれているあいだ、スカイは彼の胸に顔をうずめたいという危険な衝動と闘わなければならなかった。もっと体を寄せ、彼の首に腕をまわしたいという欲求にもう少しで屈するところだった。しかし、そんな行動は彼女には許されない。あのホテルの部屋のドアを閉ざし、立ち去った瞬間に、スカイはその権利を失ったのだ。

ああするのが私にとっていかにつらかったか、どんなにあの部屋に残りたかったか、アントンには決してわからないだろう。そして、私がここにいる理由を知ったとたん、彼は私を腕に抱くどころか、そばに近づけたいとさえ思わなくなるだろう。

片手でスカイを支えたまま、アントンはもう一方の手でタオルをつかみ、彼女の体をふき始めた。あまりに冷たく義務的なそのしぐさに、スカイは思わず彼の顔を見た。そのとたん、胃がよじれるような痛みを覚えた。

息をのむほど魅力的なアントンの顔が引きつり、かたくなに口を閉ざしているせいで唇の両端が白くなっている。私が落ち着くまであえて何も言うまいと決めているんだわ、とスカイは察した。

でも、そのあとはどうするつもりだろう？

そう考えただけでスカイの体に大きな震えが走り、次の瞬間、敏感になった肌をアントンに乱暴にふかれ、彼女は悲鳴をあげた。

「失礼……」

謝罪の言葉に心はこもっておらず、彼はタオルを投げるなり漆黒の瞳でスカイを子細に眺めた。濡れた髪が張りついている顔から、ピンク色をした足の爪先に至るまで。

さあ、始まるわよ、とスカイは自分に言い聞かせ、喉をごくりと鳴らした。

もう充分待った、とアントンの冷厳な表情が語っている。さあ、説明をしてもらおう、と。

5

「少し話をする必要がありそうだ」

氷でできた剣のように冷たく容赦のない声で、テオは言った。

いったい何がどうなっているのか知りたい。ロンドンのホテルの一室で別れたきりの……姓さえ名乗らず、一夜かぎりの関係を結びたいと言っていた彼女が、なぜヘリコスの父の家にいて、プールで泳いでいるのか。

それにしても、スカイがもう少し肌を覆ってくれるとありがたいのだが。そうすれば、僕のほうももっとしっかり頭を働かせられるはずだ。

「ローブか何か持っていないのか？　何か上に羽織るものを」

「私……寒くはないわ」

「僕は、君が寒いかどうかを心配しているんじゃない！」

自分が獰猛な目つきをしていることを、テオは自覚していた。スカイの目に浮かんだおびえと、彼女がとっさに一歩あとずさった様子がそれを物語っている。しかし、そうした自分に気づきながらも、予期せぬ再会で生じた動揺は、二人の体が接近しているせいでひどくなる一方だった。

テオの記憶の中にあるスカイの体はあまりに刺激的すぎた。自分が彼女の魅力を誇張しすぎているのだと思いこむほどに。自分の脳裏に刻まれているような魅力的な体の持ち主が現実に存在するわけがないのだから。しかし、テオの記憶は真実以外の何ものでもなかった。

いや、それ以上と言うべきだろう。なぜなら、生身のスカイには、記憶の中の彼女にはないぬくもりがあるからだ。それに、白いワンピースの水着は、ギリシアのビーチで見かける大胆なビキニに比べれば慎み深いものの、その控えめなセクシーさが彼の脈拍のリズムと思考力を大いにおかしくさせた。伸縮性に富む布はスカイの胸とヒップにぴたりと張りつき、細いストラップが肩の柔らかな丸みと桃のような肌を強調している。さらに、ハイレグ・カットが優美な脚をいっそう引き立てていた。

あの夜、その長い脚が僕の腰に巻きつき、クライマックスを迎えて力強く締めつけてきたのだ。思い出すだけで、テオの頭は混乱をきたし、筋の通った思考ができなくなりそうだった。

「君がもう少し……きちんとした格好をしてくれたほうが、お互い理性的に話ができるだろう」

スカイは反抗的に口を引き結んだものの、瞳にはさらに激しい感情が燃えあがっていた。怒りとはまた別の、荒々しい挑戦的な何かがテオの目を射抜き、二人のあいだに火花が散った。

「それで、あなたは私よりもずっとお上品な格好をしているのかしら？」スカイは思いがけず刺のある口調で言い返した。

「僕に触れないではいられない、とでも言いたいのか？」テオは軽蔑するような口ぶりで問い返した。「悪いけど、信じられないね。君はあの夜、僕のベッドからいとも簡単に出ていった」

「あの夜のことはあやまちだったし、あれからずっと後悔しているわ」

「僕のほうがもっと後悔しているさ。ふだんの僕は一夜かぎりの関係など結ばないし、君があんなふうに姿を消すとわかっていたら、ベッドをともにしたりしなかった。そのうえ今度は君が父の家のプールで泳いでいるところへでくわし――」

「私はあなたをだましたわけじゃないでしょう。最初からちゃんと……」

彼を遮って口を開いたスカイは、唐突に黙りこんだ。アントンが口にした言葉の意味をようやく理解したのだ。血の気が引いて、顔がまるで幽霊のように真っ白になる。

「あなたのお父様ですって！」

嘘よ！　そんなことがあっていいわけないわ。スカイは絶望感に襲われつつ思った。

〝父の家のプール〟だなんて、アントンが言ったわけがない。空耳に決まっている。だって、もしそうなら、この人はシリルの息子ということになる。私が結婚する男性の息子ということになってしまう。

ひょっとしてこの悪夢から抜けだせるのではないかと思い、スカイは腕をつねってみた。しかしむろん、夢であるはずはなかった。自分は相変わらずギリシアの日差しを浴びてその場に立っているし、聞こえてくる音といえば、プールの表面に立つさざ波の音だけだった。

そして傍らには、危険な表情を浮かべた長身の男性がいる。

「だけど、あなたの名前はアントンだって言ったじゃない」

スカイは、冷ややかで決然とした彼の顔に向かって非難の言葉を投げつけたが、彼の表情は変わらない。ただじっと彼女をにらみ続けるばかりだ。

アントン……アントナコス。不意にすべてがつながり、スカイは頭がくらくらし始めた。

「嘘をついたのね！」

「違う。すべてを明かしはしなかったというにすぎない」テオは肩をすくめ、スカイの非難を軽く受け流した。「相手の本当のねらいがわかるまではそうしたほうがいい場合が多いものでね」

肌が粟立ち（あわだ）、スカイは体が震えないようにするのが精いっぱいだった。デッキチェアに置かれたタオルに手を伸ばし、体に巻いて胸の上でしっかりと留める。

「それに僕の記憶では、身元を明かさずにおこうと提案したのは君のほうだ」

彼の言うとおりだった。だがそれを理解したところで、スカイの気持ちは少しも楽にならなかった。ああ、なんというめぐり合わせだろう。シリルの息子が一人で飲んでいるバーに入っていってしまったなんて、どうしてそんな不運に見舞われなければならなかったの？

それに、この人はなぜロンドンにいたのだろう？　シリルの息子について聞いているのは、しばらく前から関係がぎくしゃくしているということだけだ。この人は知っているのかしら、私がシリルと結婚する事情を。

「少なくとも、私のファーストネームは本物よ。私の名前はスカイ・マーストン」

彼の無表情な目にはなんの変化も現れなかった。つまり、シリルは息子に私のことを話していないのだろうか？

「僕はテオドレ・アントナコス。たいていはテオと呼ばれる」

彼の視線がスカイの体に注がれた。彼女は厚いタオルを巻いているにもかかわらず、その冷たいまなざしに素肌をさらしているように感じた。

「さて、どうする？」

いまやテオと呼ぶべき相手が、からかいの調子を含んだ声できいた。

「いまさらという気もするが、礼儀正しく握手でもするかい？」

「握手は省略しましょう」スカイは硬い口調で答えた。彼と触れ合うと考えただけで、ぞっとする。肌を重ねたときの熱い感覚、子猫がじゃれるように優しくもなり、鷲(わし)が獲物をつかむように強引にもなれる彼の力強い手の感触を、彼女は忘れることができずにいた。

「もうそんなことをする必要はないと思うわ」

「僕たちはもっといろいろなことをしてしまったからな」テオはそっけなく応じた。しかし、その黒い瞳に宿ったいたずらっぽい輝きは、彼が〝もっといろいろなこと〟を具体的に一つ一つ思い返していることをはっきり示していた。

スカイも思い出していた。

あの夜のことは考えるだけでもやっかいなのに、いまは頭の中だけでなく、目の前に当の本人がいる。彼の圧倒的な存在感がひしひしと感じられ、スカイは全身が炎に包まれるような感覚に襲われた。

「それについては忘れたいの」

「君はそうだろう。しかし、悪いが、僕は同意できない」

挑発的なしぐさで、テオは片手を伸ばしてスカイの喉から白いタオルへと指を走らせ、結び目のすぐ上でわざとらしく止めた。

「実を言うと、あのときの経験をぜひもう一度繰り返したいと思っている」

ブロンズ色の指先がスカイの肩の端まで動き、再び戻ってきた。彼女にできるのは、反射的に身をよじって本当の気持ちを露呈したりしないようにすることだけだった。

ところが、自制する間もなく胸の先端が硬くなり、体がかっとほてった。タオルがうっとうしく、その下の水着も邪魔に感じられる。厚いパッドのおかげで、テオの探るような鋭い目から自分のあらわな反応を隠せたことに、スカイは感謝した。

「言ったはずよ、あれは一夜かぎりのことだって」

「君はこうも言った、お互いフルネームは絶対にきいてはならないし、二度と再び会うこともない、と。だがさっきも言ったように、僕は女性と一夜かぎりの関係は結ばないことにしている。これは僕の信条なんだ」

「それなら、今回はその信条を曲げてもらわなければ。私はあなたとの……旧交を温める気持ちはさらさらないから」

「本当かい?」テオは腕を組み、さげすむような冷たい目つきでスカイを凝視した。「それなら、たしかめてみよう」

スカイが彼の意図をつかみきれないうちに、テオが一歩前に踏みだし、彼女の顎をぐいとつかんで顔を上向かせた。

抗議の声をあげようとスカイが口を開いたとき、テオは強引に唇を奪い、彼女の口を封じた。

残酷で、情熱の感じられないキス。彼を拒絶したことに対する罰として与えられたキス。愛情も温かみもまったくなく、いまここで主導権を握っているのは彼なのだと教えるための、冷酷な決意を込めたキス。

だが、実際はそうはならなかった。

なぜなら、二人の唇が触れ合った瞬間、何かが起きたからだ。

支配を目的とし、冷徹な抑制をきかせたはずのキスは、たちまち陶然とするようなキスへと変化した。欲望が目覚め、いやされることを求めて解き放たれる。

スカイがテオのがっしりとした体に溶けこむようにもたれると、彼の腕が彼女の体を包み、とりこにした。肌と肌がまじり合うように感じられ、腕や脚、体全体がからみ合う。

「スカイ……美しい……いとしい人（アガペ・ムー）……」

テオの声は欲望にかすれ、彼の手は二人を隔てる柔らかなタオルをぎこちなく引っ張った。白い布が二人の足もとにはらりと落ちる。

「君は満足したかもしれないが、僕はまだだ。僕はこうしたい……」

テオにふさがれたままのスカイの口が驚きと喜びに大きく開かれた。張りつめた肌に彼の手が触れ、白い水着を通して熱が伝わってきて、スカイの欲望をさらに刺激した。

「それからこうも……」

探るような手が片方の胸のふくらみを包み、水着の布を押しあげている頂をとらえて、そのまわりに円を描き始める。スカイはたまらずにうめき声をあげた。

「ああ、そう、そうだよ」

テオの低い声は悪魔を思わせるような冷笑を含んでいた。性急な手つきで水着のストラップを腕まで引き下げ、彼女の手を動かせないようにすると同時に、白いふくらみの上半分をあらわにした。彼の笑い声が欲望にくぐもる。

続いてテオは熱い手で柔らかく重みのあるふくらみを支え、そこにキスをして舌をはわせ、軽く歯を立てさえした。スカイは頭を後ろにのけぞらし、再びうめき声をあげた。

「これが僕の求めていることだ」テオはささやくように言った。「そして君も求めていることだ。二人が何よりも求めていること、僕たちのあいだにあるものには、あらがえない。おいで、僕のかわいい人。僕と一緒に――」

「やめて！」

何が自分を熱い白日夢の世界から現実に引き戻したのか、スカイは自分でもわからなかった。陶然となった頭の中に侵入してきた予期せぬ声か、テオの唇が胸を離れたことか、それともむきだしの肌に触れたひんやりとした微風だろうか。とにかく、何かが彼女の中で荒れ狂っていた情熱に冷水を浴びせ、いま自分が何をしようとしているのかを、気づかせたのだった。

「やめてちょうだい！」

　スカイは必死になって自分でも驚くほどの力でテオを押しやり、あまりの勢いに彼はあやうくプールの端まで飛ばされそうになった。しかし、すぐさま体勢を立て直したテオは、黒い瞳を冷たい怒りでぎらぎらと輝かせた。

「それはいったいどういう意味だ？」

「いいかげんにしてちょうだい！　やめてという言葉のどこがわからないというの？　あなたはギリシア人かもしれないけど、英語だって充分に使えるでしょう。私の言いたいことはちゃんと理解できるくせに！」

「君が言ったことはわかった」テオの声は毒を含んで反論した。「だが、それは君の言いたいことではない。その二つを区別するのに英語などまったく知らずとも問題はない。ほかに理解する方法があるからな」

「なんのこと？」

　一瞬わけがわからず、スカイはぽかんと口を開けた。すると、テオが故意にゆっくりと、まだあらわになったままの彼女の胸へ視線を落とした。彼女の高揚を物語る、とがったままの頂に。いまでさえ焼けつくような欲望にあおられ、彼女は頭がほとんど働かない状態だった。

　それでもスカイは自分を戒めた。こんなことではいけない。感情に左右されず、本当に大事なことに気持ちを集中しなければ。もう少しで、私はすべてを台なしにしてしまうところだった。目の前に迫った悲劇から家族を救う手立てを、めちゃくちゃにしてしまいかねなかった。

私の前にいる男性、長身でたくましく、ブロンズ色の肌をしたこの男性こそ、いまの私が何よりも欲しいものかもしれない。でも、そんな甘い気持ちは忘れて、冷静に考えなければ。

私が考えるべきことは、こんな事態はあってはならないということ。

家族を救うためには、テオ・アントナコスと決して親密になってはならないのだ。

スカイはだらりと垂れ下がった水着のストラップに手をやり、引っ張りあげた。敏感になっている胸の先端を水着の生地がこする感触に顔をしかめながら。そして、本心とはかけ離れた冷静な態度を保てるよう期待しつつ、テオに向き合った。

「あなたが言う〝ほかに理解する方法〟なんて、どうでもいいわ！　私の言ったことをちゃんと聞いてちょうだい！　私は〝やめて〟と言ったの……わかった？　や、め、て！　私は心の底から、やめてほしいと思っているのよ」

その一瞬、あまりに激しい怒りがテオの顔をよぎったので、スカイは自分の言葉が無視され、もう一度抱き締められるのではないかと不安になった。だがテオは落ち着きを取り戻し、小さく頭を振って自制した。スカイはほっとすると同時に、内心、彼を賞賛せずにはいられなかった。

「いまはそう言うが、いとしい人」彼は残酷な皮肉を込めて言った。「やめてと言うまでにずいぶん時間がかかったじゃないか。さあ、教えてくれ。何が君に拒絶させたんだ？　誰かに見られるかもしれないという不安か？　ひょっとすると、君のお母さんとか？」

「私の母？」スカイは当惑してきき返した。

「君がそういったことを気にしたのなら、我が天使、心配する必要はない。君のお母さんは僕たちのことを大いに喜んでくれるはずだ」

「喜ぶ？」

この人はなんの話をしているのかしら？　どうしてここで母が出てくるの？

「いわば、身内でおさめるといったようなことさ。君のお母さんと僕の父……そして君と僕」

君のお母さんと僕の父……。

スカイは吐き気を催すほど頭がくらくらした。テオは私の母親がシリルの婚約者だと思っているんだわ！　シリルと結婚する母が私を同伴したと勘違いしているのだ。

「どうした？」

スカイの沈黙と唖然（あぜん）とした表情はテオをとまどわせ、ある意味で落胆させた。

スカイが〝旧交を温める気はさらさらない〟と告げた瞬間から、テオは派手に言い争いたくてうずうずしていた。

頭にきたのとプライドを傷つけられたせいで、テオは彼女を抱き寄せたのだった。スカイの反応は期待どおりだった。彼の腕の中で燃えあがり、その情熱のあまりの激しさに、彼の肌が溶けてしまうのではないかと感じたほどだ。スカイは彼が夢に見たとおりの渇きと欲望でキスにこたえてきた。

テオは我を忘れた。たちまち下腹部がこわばり、自分がどこにいるかもわからなくなった。

スカイも同じように我を忘れているものとテオは思っていた。彼女を自分のものにし、もう一度ベッドに連れていけると確信した。さらに、今度は絶対に一夜かぎりの関係などでは終わらせまいと決意していた。

スカイと一夜を過ごしてみて、ひと晩では彼女の体を味わいつくせないと彼は感じていた。一夜では、本当の渇望がどんなものか、どれだけ彼女とベッドをともにしたいかを思い知っただけだった。

さっきは言い合いになり、二人のあいだに緊張感が生まれたせいで、欲望が刺激され、スカイを求める気持ちに火がついた。そんなとき、彼女が急に彼を拒み、身を引きはがしたので、テオは強い欲求不満に陥っていた。

スカイは答えに窮し、ただテオを見つめ返すばかりだ。衝撃を受けたように目は大きく見開かれ、ぼんやりとしている。

「どうした？」テオは繰り返した。「何か言うことはないのか？」

「私……」スカイは口を開いたものの、声はすぐに小さくなり、消え入った。

「スカイ！」

屋敷のほうから、男の声が聞こえた。

「テオ！　ここにいたのか！　アマルテアからおまえが着いたと聞いたが」

不意に邪魔が入り、テオはののしりの言葉をもらした。父との再会は、彼がいまもっとも避けたいことだった。

五年のあいだひとことも言葉を交わさず、手紙のやりとりさえしなかったあとで、父と顔を合わせるのだ。そばに誰もいなくても、相当にぎこちないものになるだろう。

「父さん」

傍らでスカイがすばやく動いたのを感じとり、テオは、こちらへ向かってくる黒髪のがっしりした体の男から彼女へと視線を戻した。彼女は足もとの白いタオルを拾い、あわてて体に巻きつけていた。その慎み深さにテオはひどく驚いた。彼女の顔がこわばり、すっかり血の気が失せていることにも。病人としか見えないほどだった。

「スカイ？」

テオは父親には聞こえないよう、小声で気遣った。シリルが気難しく横暴なのは誰よりもよく心得ている。しかし、それはビジネス上のやりとりや男性への応対にかぎってのことだ。女性、とりわけ若く美しい女性に対しては、父は経験豊富で魅力的な男となり、いまのスカイのようなおびえたような反応を引き起こすことはまずありえない。

　それなら、父とスカイ・マーストンのあいだには、何か僕の知らない緊張関係があるのだろうか？　もしそうだったら、父と未来の義理の娘との仲は気まずいものになるかもしれない。

　スカイはすでにテオから顔をそむけ、近づいてくるシリルを見つめていたので、テオは彼女の表情を読めなくなっていた。

「二人とももう挨拶は終わったのか？」

　もし何か問題があるとしても、シリルはそれに気づいていないらしく、スカイににっこりほほ笑みかけた。彼が息子に向けた表情はもっと抑制がきいていて温かみも足りないものだった。しかし、息子が差しだした手を無視するようなまねはしなかった。

「おまえがこの家に帰ってきたのは実に喜ぶべきことだ」

「父さんの結婚式に欠席するわけにはいきませんからね」テオは応じたものの、やはり声に緊張感がにじんでしまう。

「あたりまえだ。それに、義理の母親になる女性に顔を見せる必要もある……どうやら、それはもうすんだようだが」

　もうすんだだって？

頭の中がぐるぐるまわりだし、テオはその言葉の意味をなんとか理解しようと努めた。だが、どうしてもできなかった。絶対に意味が通らない……もし意味が通るとしたら……。

くそっ……まさか！　テオは頭に浮かんだ可能性にぞっとした。そんなことはありえない……あってはならない。

だが、父はスカイの腰に腕をまわし、彼女を息子のほうに向き直らせた。

「あらためて、私から正式に紹介しよう」

やめてくれ！　テオはのども張り裂けんばかりの声で叫びたかった。

嘘だ……神よ、嘘だと言ってください。

しかし、テオの目には、スカイの顔がますます蒼白になったように見えた。淡いグレーの大きな瞳はただひたすらテオの顔を見つめている。

シリルはそんな二人を気にする様子もなく、無頓着に言葉を継いだ。

「テオ、こちらがスカイ・マーストン。まもなくスカイ・アントナコスとなる。おまえの義理の母親になる女性、そしてもちろん、私の婚約者だ」

6

地面がぱっくりと裂け、私をのみこんでくれたらいいのに、とスカイは願った。できることならこのダイニングルームから抜けだし、ひと晩じゅう自分の部屋に隠れていたい。だが、シリル・アントナコスはきちんとしたディナーが好きだった。そのためスカイはしかたなく、シリルから着るように言われた優美できらびやかな青いシルクのドレスを着て大テーブルにつき、最悪の拷問に耐えていた。

スカイは自分が何を食べているのかまったくわからなかった。わかるのはおがくずのような味と舌ざわりだけだ。

テオ・アントナコスは獲物をねらう鷹さながらの目で私を見ている。さっと舞い下りて襲いかかる好機を待っているかのようだ。彼が決断したら、襲撃はすばやく、手かげんなどいっさいしないだろう。そして、私の息の根を完全に止めるに違いない。

シリルの婚約者が誰かわかった瞬間、テオが父親の前でスカイを糾弾しなかったことは、彼女には驚きだった。シリルによる紹介がすむなり、非難の言葉が浴びせられるものと思い、スカイは自分と家族が破滅する瞬間を息をひそめて待った。

ところが、テオは燃えるような憤りをどうにか抑えこんだらしく、平静を装って言った。

〝ミズ・マーストンと僕は、たったいま互いに自己紹介をしたところだったんです。父さんは幸運だな、こんなに美しい人と結婚できるなんて〟

それからテオが礼儀正しく握手の手を差しだしたので、スカイは呆然(ぼうぜん)とした。

〝お会いできて光栄です、ミズ・マーストン〟

光栄という一語には脅しと皮肉が込められていて、それは本来の意味を失ってあざけりの言葉と化していた。

スカイは少し前にテオが口にしたせりふを思い出さずにいられなかった。〝いまさらという気もするが、礼儀正しく握手でもするかい？〟

握手の手を取り、肌と肌が触れ合ったとき、スカイはその焼けつくような感覚に飛びあがりそうになった。だがそんなまねをしたら、何かおかしいとシリルに気づかれてしまうかもしれない。横にいるシリル・アントナコスは、疎遠になっていた息子が自分の婚約者と初めて顔を合わせたものと信じ、笑みをたたえて誇らしげに二人を見つめている。

テオは意地悪く手に力を込めた。スカイが彼の目の奥をのぞきこむと、そこには危険な炎がくすぶっていた。彼女にはテオが容赦のない握手を通じて無言のメッセージを送っているかのように思えた。

〝君の手と同じように、僕は君自身をあっさりつぶすことができる。そして、必ずつぶしてやる……僕の好きなときに〟

以来ずっと、スカイはテオが行動を起こすのを恐れていた。それでも、ディナーの前には自室に引きあげ、着替えなければならなかった。テオが父親に真実を告げる気になり、彼女が居間に戻ったときにはすべてが明るみに出てしまっているのではないかとおびえながら、大急ぎで身支度を整えた。

シリルの眉間に深いしわが刻まれ、息子の目には残忍な光が宿っているのを覚悟した。荷物をまとめて出ていけ、おまえの父も家族も地獄に落ちるがいい――そうののしられるのではないかという恐怖と闘いながら、スカイは風通しのいい白壁の居間へ入っていった。

ところが、テオが暴露した気配はなかった。さもなければ、シリルが笑顔で近づいてきて彼女の頰に軽くキスをし、飲み物を勧めるなどということはなかっただろう。

〝今晩はシャンパンを飲むことにしたんだ〟シリルは言った。〝なにしろ、お祝いのゆうべだからな〟

〝放蕩息子の帰還を祝うための〟テオが冷ややかに言い添えた。

スカイが歩み寄ると、テオは父とともに席を立ち、シャンパンの入った優雅なクリスタルグラスを差しだした。

〝もちろん、あなたが家族の一員となってくれることについてもだ〟

　テオはスカイのすぐそばに立っていたので、この歓迎の言葉を述べたときの彼の冷たい視線にシリルは気づかなかった。しかしスカイはすぐに気づいた。そのため、手が激しく震えてシルクのドレスにシャンパンが少しこぼれた。

〝気をつけて〟テオがささやいた。〝せっかくのドレスを台なしにしないように〟

　テオは笑みを浮かべていたものの、目は氷のようにきらめき、穏やかな口調には辛辣さが含まれている。スカイは確信した。彼は、ドレスについての心配とはまったく異なる警告を発しているのだ、と。

　そんなわけで、ディナーのあいだずっと、斧が振り下ろされるのを、テオが秘密を暴露してすべてを打ち砕くのを、スカイは追いつめられた気分で待つ羽目に陥っていた。

「それで、父さんたちはどのようにして出会ったのかな?」テオが皿を横に押しやり、グラスを手にして椅子の背にもたれた。

　それは表面的には悪気のない問いかけだった。ただし、のんびりと口に出された言葉の裏には、用心してかからなければ破綻してしまう危険な罠が仕掛けられていた。

　スカイは思わずシリルを見やった。今回の結婚話を持ちだしたとき、彼は絶対に秘密を守るようにと強く言った。裏に取り引きが存在することを悟られないように、と。当然、スカイと父は、一も二もなく賛成した。

「きっかけはビジネスだ」シリルがデザートのパイをひと口食べながら言った。「私がイギリスに所有しているホテル二軒を、スカイの父親が運営しているんだ」

「場所はロンドンですか?」

テオの口調と目つきが鋭くなり、スカイはかすかに身を震わせた。

「いや……サフォークだ。カントリーハウス形式のホテルでね」

「でも、サフォークはロンドンからかなり遠いんじゃありませんか?」

テオはグラスを口に運び、その縁越しにスカイと視線を合わせた。

「あなたはロンドンによく出かけるのかな、ミズ・マーストン?」

「スカイと呼んでください」

彼女はどうにか応じたものの、自分の口が木彫りか何かのように感じた。

「それで、いえ……私はロンドンには出かけません」

「まったく?」

気をつけるのよ! スカイは自分に言い聞かせた。一歩足を踏み間違えれば、テオは鷹のように襲いかかってくるに違いない。とはいえ、弱気になって逃げだしたと思われるのも癪(しゃく)にさわる。

スカイはグラスを取りあげ、液体を底でまわしてから、テオの目をまっすぐ見つめ返した。

「たまには出かけることもあります。頻繁にじゃありません。それに正直言って、前回いつ行ったかも思い出せないんです」

彼女の挑戦的なせりふは、テオを刺激したようだった。黒い眉が片方、小ばかにするようにつりあげられた。

なかなかやるじゃないか、とテオは内心、舌を巻いた。スカイ・マーストンは大した女優だ。あまりに芝居がうまいので、こちらがそれと知らなければ真に受けてしまう。

彼がスカイに会ったのはこれで二度目だ。どちらの場合も会っていた時間は二十四時間に満たないが、そのあいだに彼女は十以上の異なる顔を見せ、まるで服を着替えるかのように、くるくるとすばやく態度を変える。

いま目の前にいるスカイを見たら、彼女がロンドンのバーで窮地に陥っていた女性とは誰一人、思いもしないだろう。むろん、あの夜、僕がベッドをともにした奔放で情熱的な女性とは似ても似つかない。

いまの彼女は、胸元がV字に深く開いた青いドレスを着ている。ノースリーブのドレス姿は洗練されていて、優雅きわまりない。そのうえ、物静かで、落ち着き払って見える。

だが、実際は落ち着き払ってなどいないはずだ。僕と同じように。僕たちのあいだには、暗い影さながらに、二人だけが知る秘密が存在するのだから。

「君は……クラブやバーに行きたいとは思わないのかい？」

「スカイはクラブなどにはあまり出かけない」

シリルが代わりに答え、父がテーブルの家長席に座っていることを息子に思い出させた。さらに、ここはおまえの父の家であり、向かいに座っているのはその未来の花嫁なのだ、ということも。

「私が彼女に惹かれたのはそういう点、つまり無垢なところだ。スカイはいまどきの若い女性とはまったく違う」

テオは声をあげて笑いたくなった。そして、父のいまの意見がいかに的外れかを指摘したかった。しかし、ワインを飲んでなんとか自制した。

要するに、スカイは父をまんまと欺いているわけだ。父は彼女の本性をまったくわかっていない。

だったら、息子の僕が教えてやればいいんじゃないか？

〝父さん、あなたの婚約者は、あなたが考えているような女性ではありませんよ〟

その言葉が頭の中であまりにはっきりと響いたので、テオは一瞬、自分が本当に口に出してしまったのではないかと思った。凍りつきながら、父が感情を爆発させるのを待つ。

しかし、何も起こらなかった。テオの暴露は彼の空想にすぎず、会話はそれまでとなんら変わらず続いていた。シリルは、もう少しで大きな打撃をこうむるところだったことなどまったく知らず、上機嫌だった。

テオが本当のことを明かしていたら、シリル・アントナコスは自慢の婚約者をあっという間にお払い箱にしていたはずだ。美しく、洗練された、セクシーな婚約者を……。

ああ、くそっ、なんて彼女はセクシーなんだろう……。

「お母さんの具合がかんばしくなくてな。それで、スカイはお母さんの世話で忙しいんだ」

〝バーで男を誘っているとき以外は……〟

ついつけ加えそうになり、テオはあわてて下唇を強く噛んだ。

スカイは美しい目を伏せ、テーブルの上に置いた手を見つめている。その様子を見て、テオは賛嘆と冷笑の入りまじった声を胸の内でもらした。完璧だ。どこをとっても無垢で慎み深い女性にしか見えない。むろん僕はそれが偽りであることを知っているし、本人も自覚してはいるが。

それなら、愛らしく世間知らずで家族思いだと父が考えている女性は、猫をかぶっているにすぎない、とどうして暴露しないいんだ？

なぜなら、もし暴露してしまったら、スカイをおとしめるだけでなく、僕自身の行為も暴かれ、父を幻滅させてしまうからだ。それどころか、今回の件に関しては僕が一方的に悪役となり、父は僕に背を向けるだろう。今度は永久に。

父が和解の手を差しだしてきたら、僕は両手でそれをつかもうと心に誓っていた。僕とのあいだにできた溝を埋めるためなら、なんでもしようと。

だからこそ、僕はいまここにいるのだ。父の結婚式で花婿の付き添い人を務めるために帰ってきたのだ。父が誰を花嫁に選んだかも知らずに。

息子の行動を父がどう解釈しているかはわかっている。こうすれば遺言状から名前を削除されずにすむと考えてのことだと見なしているに違いない。金のために、卑屈にも父親の元に戻ってきたのだと。

それなら、僕は父の金などいささかも必要としないことを大喜びで教えてやる。いまや僕は、あり余るほどの財産を持っている。

もっとも、この島に関しては話は別だった。ヘリコスは、もともとテオの母親のものだった。何世紀にもわたって母親の一族が所有してきた島で、母サリスタ・アントナコスはここに埋葬されている。母の両親も。テオはこの島の正当な相続人であり、この島のためなら力尽きるまで闘う覚悟だ。金目当てで父に取り入ったような女のために失うつもりなど毛頭なかった。

「それはまた珍しい」

テオはそう言いながらも、その辛辣な口ぶりにスカイが彼のほうにちらりと目を向けたのを見逃さなかった。

「正直、いまどきの若い女性がそんな暮らしに耐えられるとは信じがたい。とはいえ、父さんのかわいい婚約者に会ったあとでは、どんなことでも信じられますよ。なにしろ今日の午後に初めて会ったとき、彼女は水着姿を見られただけで恥ずかしがっていましたからね。彼女が着ていたのは、僕がこれまで目にしてきた水着とは比べものにならないほど控えめなデザインだったにもかかわらず」

スカイが再び必死に耳を傾けていることが、テオにはわかった。僕がどういう方向へ話を持っていこうとしているか、不安でたまらないのだろう。そう考えると、テオは意地の悪い満足感を覚えた。

計ったように間を置いてから、テオはわざと軽い調子で言葉を継いだ。「実を言うと、僕が先週末に出会った女性などは……スカイと同じ年ごろ、同じような背格好でしたが、おそろしく丈の短いワンピースを着ていましてね。水着姿のあなたよりもずっと大胆に肌を露出していたんですよ、お義母さん」

これはきいたらしい、とテオは内心ほくそ笑んだ。〝お義母さん〟という呼びかけにスカイが顔をしかめ、身をすくめたのだ。

「だから、バーでろくでもない男たちにからまれ、面倒に巻きこまれたのも不思議じゃなかった」

スカイは我慢の限界に達したらしい。いきなりナプキンをテーブルに投げだすと、あざ笑うようなテオの視線を真っ向から受けとめた。

「そういうことがあるから、私は必要がなければバーやクラブなどに出かけないの！」彼女は挑戦的に言い放った。「どんなにたちの悪い男に会うかわかりませんもの」

たちの悪い男！　それは明らかにテオのプライドを傷つけるために発せられた言葉だった。

あの夜の僕は決して〝たちの悪い男〟ではなかった。彼女に対して理不尽なまねはいっさいしなかった。しかし、万が一父に真実が知れた場合を備えて、スカイは自分には罪がなかったと主張しておきたいのだろう。

これ以上、この嘘（うそ）つき女と一緒にいるのは耐えられない。この部屋を出て、怒りを爆発させたい。そして癇癪（かんしゃく）を起こすなら、スカイ・マーストンを道連れにしよう。彼女との出会いについてすべて暴露して、化けの皮を剥（は）いでやる。そして、生々しい真実を一つ残らず父に伝え、衝撃がこの家を揺るがしているうちに出ていこう。

だが、その衝撃はテオの世界をも揺るがすに違いなかった。和解しかけた父とのもろい関係は跡形もなく砕け散るだろう。スカイ・マーストンの化けの皮を剥いだ瞬間、僕は島を相続するチャンスを永久に失ってしまう。ヘリコスをあきらめる決心はまだついていない。

白々しい嘘をつくのが得意な、こんな卑しい尻軽女のためにこの島をあきらめるなんて、とてもできない。

「お二人とも僕を追い払うのに苦労はしませんよ」テオはナプキンを軽く投げて立ちあが

った。つくり笑いを浮かべ、父の手がスカイの腕に触れているさまを見つめる。「父さんたちが二人きりになりたがっているのは誰が見ても明らかだし、それを邪魔するつもりはありません。それに、僕はもうすぐ若い女性から電話がかかってくるもので」

本当は、いま交渉中の契約について秘書からの連絡を待っているだけなのだが、テオはそんなことはおくびにも出さなかった。

「それでは、おやすみなさい、父さん……お義母さん。また明日の朝」

ゆったりとした足取りで部屋を出た自分を、テオは誇らしく思った。立ち止まりもせず、振り返りもしなかった自分を賞賛したかった。間違いなく、僕はのんびりとくつろいだ様子に見えたはずだ。

実際は、それとはほど遠い状態だったが。

テオは自覚していた。スカイの嘘を暴かなかったのはその影響がヘリコスの相続に及ぶからだと自分に言い聞かせたものの、本当はそれだけではない、と。ロンドンでのあの夜以来、彼はすばらしく官能的なスカイの姿を頭から振り払うことができなくなっていた。彼女とテーブルを挟んで向き合っただけで、悩ましい光景が何度も何度も脳裏を駆けめぐり、頭がおかしくなりそうだった。

そんな光景は思い出したくない。彼女のことは考えたくなかった。

だが、現実には彼女のことしか考えられなかった。

7

一時間、あるいはそれ以上、テオはベッドの上でしきりに寝返りを打っていた。なんとか寝つこうとして退屈な書類を読みもしたが、期待した効果は得られなかった。ディナーのテーブルを離れたときよりもずっと目が冴え、スカイ・マーストンのことを頭から追い払おうとすればするほど、落ち着きを失った。

ついに眠るのをあきらめ、テオはベッドから出て水着を身につけた。

残念ながら今日の午後は泳げなかった。プールでスカイに再会したせいで、彼女のこと以外何も考えられなくなってしまったからだ。

いま、彼はいらつき、まるで嵐の前のように重苦しい興奮が内からわきおこりつつあった。何かせずにはいられない！　そして、運動は思いつくかぎりもっとも健全な選択肢だった。

夜の静けさの中、月明かりに照らされて泳いでいると心が静まり、体から力が抜けていく。ほかに人の姿はなく、ときおりふくろうが鳴いて静寂を破るだけだ。テオはプールを端から端まで繰り返し往復した。長い腕で力強く水をかき、筋肉質の脚を動かし続けて、ようやく心の平安を取り戻した。

疲れて息が乱れ、筋肉が悲鳴をあげるまで、テオは自分を追いこんだ。

「もういいだろう」何度目かのターンを終えたところで、テオはつぶやいた。「もう充分だ」

これでやっと眠れそうな気がした。

スカイのことを考えずにすめば、いくらかは休めるかもしれない。時刻はすでに深夜の一時を過ぎており、ベッドに入る時間だった。

プールサイドのコテージは闇に包まれていた。入口の横の小さなランプが輝いているだけだ。しかしここで生まれ育ったテオは、中がどうなっているか知りつくしている。頭を振って水気を飛ばすと、中に入ってシャワールームに置いてあるタオルを取り、体をふいた。それからキッチンへと向かった。

照明のスイッチは左側の壁にある。目で確認するまでもなく、テオは手を伸ばして明かりをつけた。

そのとたん、キッチンテーブルの前にじっと座っている女性の姿が目に入り、彼はショックに凍りついた。彼女は背筋をぴんと伸ばし、両手をテーブルの上で重ねている。その顔は青ざめていた。

シンプルな白いTシャツにジーンズ、素足という格好で、赤褐色の長い髪は肩から背中へと流れるように落ちている。化粧はまったくしていないが、息をのむほどに美しい。

その魅力的な姿を目にしただけで、テオの心臓は飛びはねた。手に持っていたタオルをすばやく前へ移し、ふくらみ始めた水着の前を隠す。彼女がどんな女かわかったあとでも、どうして僕の体はこんなふうに反応してしまうんだ、とテオはいぶかった。しかも、冷たい水の中で一時間も泳いだというのに。

一瞬のうちにテオは全身が熱くなり、渇望感に襲われた。体に残っている水滴が肌のあまりの熱さに湯気となって蒸発してしまわないのが不思議なくらいだ。いまの彼に必要なのは、もう一度プールに飛びこむか、あるいは冷たいシャワーを長時間浴びることだった。

「いったい何をしているんだ、ここで？」

「あなたを待っていたの」スカイは消え入るような声で答えた。「私たち、話し合う必要があるんじゃないかしら」

「いいや、ない。僕には自分がしたくないことをする義理はない。もちろん、君と話をするのは、したくないことに入る」

スカイは深く息を吸いこみ、テオの好戦的な気分に合った接し方を見つけようとした。

「私のほうは話をする必要があるの」

「かもしれないな。しかし、僕にはその理由が理解できない。君は一週間前にすでに心を決めていたようだしね。ひと晩かぎりの相手として僕を選び、それから姿を消して、父のベッドへ戻った」

「いいえ、違うわ！」

スカイはさっと顔を上げた。彼にそんなふうに思われるなんてたまらない！　真実だけでも充分つらいのに、そんなふうに誤解されたままではいっそうみじめだ。

「私は一度も……その……あなたのお父様と私はベッドをともにしていないの。私たちは一度も――」

テオは黙れとばかりに荒々しく片手を上げてスカイを制した。「たくさんだ！」語気鋭く言い放つ。「そんなことまで教えてもらう必要はない。少なくとも、父がここのドアを激しくたたいて中に入れろと言いだす恐れはないようだが。夜中に目を覚ました父が婚約者と自分の息子の密会現場を発見するというようなことはな」

テオの言葉ににじむ激しい怒りに、スカイは椅子の上で身をすくめた。もっとも、彼はスカイに近づこうとはしなかった。それどころか、彼女が座っているのを見つけた瞬間から戸口に立ちつくし、一センチたりとも動いていない。

「え、ええ……そんなことにはならないわ」

スカイの声が震えたのは恐怖のせいではなく、テオを男性として強く意識してしまったせいだった。感情を自制しなければいけないのに、一秒ごとに難しくなっていく。テオの姿があまりにすばらしすぎて。

彼が泳いでいたことは知っていた。屋敷からコテージへ向かうとき、かすかな水音が聞こえてきたからだ。

月明かりに照らされたプールサイドを通る際、スカイは見つからないように暗がりを歩いた。そして淡い光の中、力強く水をかき分けるテオの姿を見た。

月光を浴びた彼は、この世のものとは思えないほど美しく神秘的に見えた。胸と背中は銀色に光り、けさ海で見かけたいるかを思い出させた。

スカイは思わず見とれてしまい、その場に釘づけになった。数分間、こっそりと暗がりにたたずんで眺めているうちに、口の中が乾き、心臓が早鐘を打ちだす。ひと晩じゅうでも見ていたかったが、プールで泳ぐ男性かその父親に見つかったらという恐怖に襲われ、彼女はコテージへと急いだ。そして、テオが戻ってくるのをぴりぴりしながら待っていた。

彼が明かりをつけた瞬間、スカイはさきほどプールサイドで味わった感覚が勢いよくよみがえるのを感じた。ただし、まったく異なる形で。

プールでは、テオは銀色に輝き、空想の世界の人魚のように見えたが、ここでは、熱いブロンズ色の肌を持った現実の男性だった。濃くつややかなまつげの下で黒い瞳が燃え、生気にあふれ、全身から健康的な輝きを放っている。

月明かりの下の彼も、賞賛と感嘆の思いでスカイを魅了したが、あのときはただ彼を見つめていたいと感じただけだった。目の前の彼は、生命力と情熱と男らしい魅力を感じさせ、スカイの血を熱くさせた。彼の腕に抱かれ、厚い胸板に頭をあずけたときの感触がまざまざとよみがえる。

「あなたのお父様はぐっすり眠っているわ。大きな寝息が聞こえたから。ディナーの席でお酒をかなり飲んでいたし」

「僕も飲んだ。だが、酒の力で眠れるとはかぎらない」

テオはまだ濡れている髪をタオルでふいた。その拍子に髪がぼさぼさになり、スカイははっとするほど彼をいとおしく感じた。テオが急にひどく少年っぽく見えたからだ。テオ・アントナコスは少年などではない。正真正銘の男性――容赦のない危険な男性なのに。

「酒で眠れるものなら、僕はいまごろここのベッドで眠っていただろう、泳いだりしないで」テオはいったん言葉を切り、何かを見極めようとする冷徹な目でスカイを見つめた。

「あるいは、それがねらいだったのか？　僕のベッドに忍びこんで、誘惑するのが――」

「違うわ！」

スカイはテオにぞっとするようなせりふを最後まで言わせるわけにはいかなかった。そんなことは考えるだけでも許せない。

「冗談はやめて！　私が考えていたのはそういうことじゃないわ。さっきも言ったとおり、私は話をしに来たのよ」

テオはいらだちとあきらめのため息をつき、濡れた髪を片手でかきあげた。

「それなら、僕が服を着るまで待ってもらえるか？」

「ええ……ごめんなさい、もちろんよ」

返事がしどろもどろになってしまい、スカイは恥じた。私はお菓子屋に来た子供がお菓子の棚を前にしたみたいに彼の体に見とれていた。そのことにテオが気づいていなければいいけれど。

いいえ、くだらないことを考えるのはやめなければ。何か別のことを――私の気をそらしてくれることを見つけるのよ。彼があの体にぴったりと張りついた水着を脱いで、堂々たる体をふくところを想像したりしては……。

だめ！

そんな想像は彼女にとってあまりに危険すぎた。心の平安がたちまち砕け散ってしまう。

心の平安ですって？　あの夜、テオ・アントナコスが爆弾が破裂したような衝撃とともに私の人生に登場して以来、そんなものは片時も感じられなくなってしまった。

「もちろん、着替えてきてちょうだい。コーヒーでもいれましょうか？」

「君は本気で僕を眠らせないつもりか？　コーヒーはいらない。ワインもだ。頭をはっきりさせておいたほうがよさそうだしな。冷蔵庫にミネラルウォーターが入っている。グラスはその上の食器棚だ」

テオが寝室のほうに姿を消してから、彼の口にした言葉の意味するところを、スカイの混乱した脳はようやく理解した。

〝君は本気で僕を眠らせないつもりか？〟

それは、彼も私と同じように寝つけなかったという意味だろう。だからテオは真夜中に泳いでいたのかしら？

もしそうだとしたら、彼は何を考えて寝つけずにいたの？

やめなさい。危険だわ！

スカイには、どちらの答えが自分にとってダメージが大きいのか、はっきりわからなかった。テオがスカイのことを考えて眠れなかったと知ることか、それとも、そんなことはまったくなかったと知ることか。

どのみち、頭を悩ませる時間はなかった。彼女がミネラルウォーターとグラスを見つけて取りだしているときに、テオは戻ってきた。

色褪せた紺色のＴシャツにくるぶしまでのゆったりしたジョギングパンツをはいている。セクシーと言うにはほど遠い格好だったが、何を着ていようと、彼の姿はスカイの心をときめかせた。服の下に隠れている体がまぶたに焼きついているせいだろう。

手が震えないよう懸命に努力しながら、スカイはグラスに炭酸入りのミネラルウォーターをつぎ、テオに差しだした。彼がグラスを手に取るとき、軽く指が触れ合っただけで、スカイの腕に電気のような快感が走った。それを隠すために、彼女は自分のグラスに手を伸ばし、息もつかずに中身を半分ほど飲んだ。

「さあ、話してくれ」ミネラルウォーターにはほとんど口をつけずにグラスをテーブルに置き、テオは促した。壁にもたれて腕を組み、険しいまなざしをスカイに向ける。「君は話をしたいと言った。だったら話したまえ」

「あなた、打ち明ける気なの？」

ああ、まったく。こんなふうにきりだすつもりじゃなかったのに。落ち着いて理性的に話そう、少しずつ本題に入っていこう、と考えていたのに。にもかかわらず、いきなり、いちばん気がかりなことを口走ってしまった。

「何について？」

「ああ、ゲームをするのはやめて！　よくわかっているくせに！　あなた、シリルに何か言うつもりなの？」

テオは戸口の柱に頭をあずけた。

「僕の父か……」

ややあって、テオはわざとゆっくりした口調で答えた。すでに緊張が限界に達しつつあったスカイは悲鳴をあげたくなった。

「僕から父に告げることはとくにないね」

「ああ！」

思いがけない返事に安堵するあまり、スカイは手近にあった椅子にどさりと腰を下ろした。糸の切れた操り人形のようなしぐさだった。

「ああ、ありがとう！」彼女はあえぐように言った。「ありがとう！　本当に……」

スカイは不意に口をつぐんだ。ぼんやりしていた視界がはっきりとし、自分を見つめるテオの顔つきに気づいたのだ。ひそめられた黒い眉、冷たく鋭い目。スカイは自分の思い違いを悟った。

「あなたは……」

「僕からは父に何も言わない」冷淡な口調で言う。「話すのは君だ」

「なんですって？」

ちょうどミネラルウォーターを飲んでいたところだったので、スカイはむせ、喉がつかえた。やっとのことで飲み下したものの、彼女の声は声帯がねじれでもしたかのように甲高くかすれていた。

「それはどういう意味？」

「僕の言ったことは聞こえたはずだ」

テオは戸口から離れ、キッチンとつながっている居間に移動すると、さっと椅子に座った。背をあずけ、長い脚を投げだす。

「それに、意味もしっかり理解しているはずだ。なのに、どうして説明を求める？　君がそうしなければならないのはわかっているだろう」

「でも……ええ、もちろん理解はしているけれど……」

テオは怒りといらだちのにじんだため息をつき、氷のように冷たい視線をスカイに向けた。

「まさか話さないつもりじゃないだろうな」

「だって、話せないのよ！」

テオが求めるとおりにした場合は、破滅が待っている。そのときの悪夢のような光景が頭にあふれ、スカイは身を震わせながら涙をこらえた。

私の世界はめちゃめちゃになってしまうわ。いいえ、それどころか消えてなくなってしまう。父は刑務所に行き……母は……。

「私は話さない！　話せないのよ！」

「君に選択肢はない」テオは冷酷きわまりない口調で告げた。「君が話すか、僕が話すかだ」

背筋が寒くなり、スカイはぎゅっと目を閉じた。テオは自分が要求していることの重大さをわかっていないのだ。とはいえ、彼に秘密を明かすわけにはいかない。結婚の本当の理由は誰にも明かさないと、シリルに約束したのだから。もし私がそれを破れば、やはり父が窮地に立たされる。それ以上に、母をひどく苦しませることになる。

「どうか、そんなこと言わないで」スカイはささやくように懇願した。「お願い」

「それなら、僕にどうしろというんだ?」テオは皮肉のこもった不気味な声で尋ねた。

「父が嘘で塗り固められた人生を送るのをただ見ていろと? そして僕自身も嘘で塗り固められた家族の一員になり、君たちの結婚式でダンスを踊れというのか?」

テオのあまりに辛辣な言葉に、スカイは胸をナイフで切り裂かれた気がした。ここから逃げだしたい……一目散に。だけど、そうするチャンスはとうの昔に失われてしまった。私にあるのは両親を窮地から救いだすという希望だけ。でも、テオが脅しを実行に移したら、その希望もついえてしまう。

「そんなことは頼んでいないわ」

手が小刻みに震え、グラスを床に落としそうになる。スカイはグラスを置いて居間へ入り、テオに歩み寄った。椅子の肘掛けに腰を下ろし、彼の不機嫌な暗い顔をのぞきこむ。

「だけどお願いだから、私たちのあいだに起こったことは言わないで、テオ」

彼の黒い瞳の奥で何かがきらめいたが、なんであったにしろ、それはかたくなな態度をやわらげるというものではなく、譲歩の気配ですらないのは明らかだった。

テオは相変わらず石のように硬く冷たい表情で彼女を見ている。スカイの懇願に対する拒絶がひしひしと感じられ、彼といくら話しても、らちが明かない気がした。自尊心が傷つくばかりで、まったくの無駄な行為に思えた。

それでも、スカイはあきらめるわけにはいかなかった。

「どうしても聞いてほしいの」思わず手を伸ばしてテオの手を握り、スカイは必死に訴えた。「お願い、テオ」

この人があのロンドンのバーで、若い男たちにからまれた私を助けてくれた人と本当に同一人物だろうか？　熱い腕に私を抱き、優しくキスをしてくれた人？　情熱的で魅惑的な愛を交わしてくれた、あの彼なの？

いいえ、テオも覚えているはずよ。きっとまだ彼だって同じように感じて……。

テオの顔はいまやスカイの顔から数センチしか離れていなかった。頬に彼の息が感じられる。

そのとき、紺色のTシャツの下で鼓動の速さが急に変わったのがわかった。テオはすばやく唇をなめたが、その唇が驚くほど乾いていることにスカイは気づいた。

つまり、態度や言葉ほどに私を完全に拒絶しているわけではないんだわ！　そして私も、彼に対してはとうてい無反応でいられない。こんなにも間近に座り、テオの体のぬくもりや肌の香りを感じていると、原始的な欲望が大きなうねりとなって全身を駆けめぐる。

「くそっ！　やめてくれ！」

テオの両手がスカイの腕をつかんだかと思うと、あざができそうなほど強く握りながら立ちあがらせ、彼女を遠ざけた。スカイは自分がそこまで身を乗りだしていたことに気づいていなかった。

「僕をどんな人間だと思っているんだ、君は？」

「テオ……」

「僕をどんな人間だと思っているんだ？」彼はもう一度、低く荒々しい声できいた。「ここ数年、僕と父はうまくいっていなかったかもしれない。だからといって君は僕に、父を裏切って君と親密になれというのか？」

「いいえ……まさか……」スカイはテオのあらぬ誤解にぞっとした。「絶対にそんなつもりは……」

「これ以上、僕に罪を重ねさせようというのか？　君は欲しいものを手に入れるために、どこまで身を落とす気なんだ？」

「私はそんなことはしな――」

「本当か？」テオはいらだたしげなしぐさで乱暴に手を振り、彼女の弱々しい反論を遮った。「それならさっきのせりふはなんだ？〝お願い、テオ〟」

テオが言葉だけでなく、声音までそっくりにまねて繰り返したので、スカイは愕然とし、目をしばたたくことしかできなかった。何より衝撃だったのは、懇願しただけなのに、彼の声音には誘惑の響きが込められていたことだった。

驚いたことに、テオはスカイの体をつかんでぐいと引き寄せた。そして長いあいだ、彼女の顔をただじっと見ていた。それからテオは不意に片手を伸ばして顔の輪郭をなぞったあと、スカイのつややかな赤褐色の髪に指を差し入れた。

「ああ、君が何をお願いしたかったかはわかっているさ。君が欲しかったのはこれだろう……」

テオのキスは激しく、凶暴で、スカイを容赦なく打ちのめした。それは彼がスカイをどう思っているかを伝えるためのキスだった。テオは彼女をはずかしめ、怒らせ、ずたずたにした。

ほどなくそのキスは突然終わった。

テオは顔を上げ、荒々しく苦しげに息を吸いこんだ。漆黒の瞳に魂まで焦がすような光を宿らせ、スカイを見つめる。

「ほら見ろ、いとしい人」彼は毒蛇がそっとはい寄るような声でつぶやいた。「いまのが君の求めていたものだ」

「そんなことは……」スカイは小声で言いかけたが、舌が口の中で凍りついたようになり、それ以上続けることができなかった。

「僕にとって何がいやか――何にもっとも嫌悪を感じるか、君はわかるか？　それは、僕と出会い、ベッドをともにしたのが極めつきの偽りの行為だったと明らかになったいまでも、そして、事もあろうに僕の父の婚約者だと知られたいまでも、君は自分を抑えられないという事実だ。君は相変わらず僕を誘惑して……思いどおりにできると考えている。僕に体を差しだすことで――」

「違うわ！」

「違わない」テオは激しい口調で言い返した。「ああ、違わないとも。だが、君の思いどおりにはならないぞ。初めて会ったときはだまされたかもしれないが、僕は二度も罠にかかったりするものか。君みたいな小ざかしい尻軽女の罠に」

「違う……」スカイに言えたのはそれだけだった。ほかに何一つ頭に浮かばなかったのだ。

だが、何を言ったところで、テオはスカイの言葉に耳を傾けはしないだろう。たとえ傾けてくれたとしても、彼が投げつけたぞっとするような非難を覆す方法はない。

説明をするには真実を明かすしかない。誰にも話してはならないと約束した真実を。だが、それを口にしたら、彼女が大切にしている両親の人生が台なしになってしまうのだ。

一方、沈黙を貫くことによって台なしになるのは彼女自身の人生のみだった。

「違うだって？」テオはあざ笑った。「悪いが、いとしい人、そいつは信じられないな」

彼の表情がいっそう険しくなり、スカイは自分が完全に拒絶されたことを悟った。

「三日やろう」

それは冷たく軽蔑に満ちた言葉だった。

「三日のうちに、本当のことを父に話すんだ。期限が来ても君がまだ話していなかったら……そのときは、僕の口から話す」

8

三日間――たった七十二時間のうちに、シリルと向き合い、テオとのあいだに何があったかを打ち明けなければならない。どうしたらそんな勇気を出すことができるだろう。わかっているのは、いずれにせよなんらかの形で告白せざるをえない、ということだけだ。

ただし、三日間というのはおとといの話だ。すでに七十二時間のうちの半分以上が無駄に過ぎてしまっていた。

一つには、シリルがあまり家にいないことが問題だった。きのう彼はずいぶん長い時間を村で過ごした。帰宅したときはひどく機嫌が悪かったので、スカイはあわてて自室に引っこんでしまった。けさは夜明けにヘリコプターでアテネへ向かい、いまだに戻ってきていない。

ありがたいことに、テオもまた姿を現さなかった。彼と顔を合わせ、彼女がまだシリルに真実を告げていないと知ったときのテオの反応を考えるだけで、スカイは恐怖に震えた。

未来は暗く荒涼として、どこを見渡しても希望の光はまったく見えなかった。

私がシリルに打ち明けなければ、テオが話す。でも打ち明けたら、この結婚は取りやめになってしまう。それでどうしてシリルに告白できるだろう？

この結婚が取りやめになったら、父は逮捕を免れない。父が逮捕されたら、母は……。

「ああ、神様、どうか助けてください！」

スカイは手近な椅子に倒れこむように座り、両手に顔をうずめて絶望の声をあげた。こんなにも孤独を感じ、途方に暮れるのは初めてだ。誰からも完全に見放されたように感じるのは。

「どうかしたのか？」

そのハスキーな声の主が誰かはすぐにわかった。

あの残酷な最後通牒（つうちょう）を突きつけられて以来ずっと、彼女の頭の中で鳴り響き、夢の中でも聞いた声だ。

「いいえ、どうもしないわ！」スカイは顎を突きだし、グレーの瞳を挑戦的に輝かせた。

戸口に立つテオに向かって突っかかるように答える。「ただ、私の人生がようやくなんとかなりそうだと思えたとき、あなたに出会うという不運に見舞われただけ。そしてすべてがめちゃくちゃになってしまったのよ！」

「まだ父に話していないんだな」

問いかけではなかったが、テオがそれに対する返事を待っているのは明らかだった。

「ええ、そうよ！」

もしテオが屋敷に頻繁に顔を出していたら、とうにわかっていたことだ。しかし、最後通牒を突きつけたあと、テオはなぜか鳴りをひそめ、父親にもスカイにも近づこうとしなかった。

もちろん、理由はわかっている。そのあいだに私がシリルにすべてを告げることを期待していたのだ。彼としては思いやりを示しているつもりだったのだろう。誰もいない静かなところで告白できる機会を私に与えることで。

「第一に、話すチャンスがなかったし、第二に……その、あなたのお父様がどう反応するかわからないから」

「それは前もって考えておくべきだったな、見ず知らずの相手とベッドをともにする前に」

テオの皮肉に満ちた口調は、彼がすばらしく魅力的に見えるせいでますます辛辣に感じられた。午後の日差しが彼のつややかな黒髪をますます輝かせ、濃いまつげのあいだで黒い瞳がきらめいている。まさに現代によみがえったギリシア神話の神のようだ。引き締まった長い脚は、ぴったりしたジーンズをはいているために官能的でさえある。白いTシャツがブロンズ色の肌を引き立て、胸と肩のたくましさが柔らかな素材のTシャツによって強調されている。スカイは体がかっと熱くなり、口の中が乾くのを感じた。

「その見ず知らずの相手が婚約者の息子だとは、思いもしなかったんですもの！」

「ああ、そうだろうとも」テオはけだるげに言いながら部屋に入り、スカイの向かい側の椅子に腰を下ろした。「君にとっては運が悪かったな」

「運が悪かったですって！」スカイは怒った声でおうむ返しに言った。「またずいぶんと控えめな表現だこと！」

「だが、僕がまったくの赤の他人だったとして、君の行為を正当化できるのか？　婚約者を裏切ったという事実は変わらないはずだ。それとも君は、罪を犯したとしても見つからなければ問題ないと考えるタイプなのか？」

「違うわ！」スカイは憤然として否定した。「信じてはもらえないでしょうけれど、私はしょっちゅう見ず知らずの相手とひと晩だけの関係を結んでいるわけじゃないわ！」

「君は勘違いしている……その点に関しては僕は信じているよ」

「それに、あの時点ではまだあなたのお父様と正式に婚約していなかった……」

そこまでまくしたてたところで、不意にテオがいましがた言った言葉の意味を理解し、スカイは頭を殴られたような気がした。

きっと私の聞き間違いだわ。彼がそんなことを言うはずはないもの。

「いま、なんて言ったの？」

「君を信じると言ったんだ。君は、しょっちゅう見ず知らずの相手と一夜かぎりの関係を結ぶタイプではないと」

「ほ……本当に？」

「ああ」

驚きと安堵と喜びがいっぺんにあふれだす。スカイは自分を抑えることができず、顔をほころばせた。

「すばらしいわ！　夢みたい！　そう言ってもらえて、私がどんなに安心したか……」

でも、何かおかしい。テオの表情が少しも明るくなっていないことに気づいて、スカイの顔から笑みが消えた。

「いまの言葉は本気じゃなかったの？」彼女はおずおずとたしかめた。

「いや、本気だとも。そうとしか考えられないからな。なにしろ、僕より先に君と関係を持った男がいないことははっきりしている。あの夜、僕と結ばれるまで君はバージンだった」

スカイははっとして、テオの無愛想な顔を凝視した。洗練された経験豊かな女性を演じようとした試みは、完全に失敗に終わったのだろうか？

「あなた……知っていたの？」

「ああ、知っていたとも」テオはあざ笑うような皮肉っぽい口調で答え、スカイに険しい視線を注いだ。「そうとわかったとき、僕がどんな気持ちになったか、君にわかるか？」

「腹を立てたの？」

スカイには彼の反応が理解できなかった。困惑と不安から落ち着きを失い、じっと座っていられなくなった。立ちあがり、部屋の中を歩きまわる。テオの黒い瞳が彼女の一挙手一投足を追っているのがひしひしと感じられ、顕微鏡の下に置かれた標本か、もしくは科学者に観察されている檻の中の動物になったような気分だった。

「わからないわ！　理解できない！　私……女性の初体験の相手になるのは、男性の夢かと思っていた。女性のバージンを奪うのは……」

テオがあまりに荒々しく立ちあがったので怖くなり、スカイはよろめくように椅子に腰を落とした。彼のゆがんだ顔には残忍さが漂い、スカイの恐怖はいっそうつのった。

「安っぽいホテルで一夜かぎりの関係を結ぶことでか？」テオは噛みつくように言った。「ああ、まったく大した夢だ！　君にとって……女性にとって初体験というのは特別なもの——いつまでも心に残るものであるべきだ。バージンは軽々しく捨てるものじゃない！」

テオは本気だわ！　本当にそう考えている。彼の目と声からスカイは確信した。

「わかってちょうだい」スカイは懇願した。「だからこそ、私はあの夜……あなたとホテルに行ったのよ。あなたのお父様との……結婚初夜が初体験になるのはいやだったから」

この説明で事態はよくなるとスカイは考えていた。だが、テオの表情の変化や目に表れた光を見て、逆効果だったらしいと悟った。

「相手は誰でもかまわず、ただバージンを捨てたかったのか？」

ああ、テオは完全に誤解している。スカイは嘆いた。「誰でもよかったわけでは……」

それに、あれは特別な体験だったわ、と彼女は心の中で彼に語りかけた。

「ああ、もういいかげんにしてくれ」テオは吐き捨てるように言った。「出会ったとたんに僕こそ生涯の恋人だとわかった、なんて言わないでくれよ」

「そんなことを言うつもりはないわ」

「つまり、相手は誰でもよかったんだ」

「いいえ！」絶対に違う。「それにあのホテルはそんなに安っぽくなかったわ！」

「僕にとっては安っぽかった！」

乱暴な口調に、スカイは驚いたうさぎのように飛びあがった。実際、テオが近づいてくるのを見つめながら、彼女はうさぎにでもなったように感じていた。車のヘッドライトの前で立ちすくみ、おびえている小動物に。

「あの夜、僕は君の要求どおりにし、君が望んだホテルに連れていった。僕はたしか〝本当にここでいいのか〟と念を押したはずだ」

「ええ」スカイもテオの言葉を覚えていた。「でも、あのときは、あなたが誰か私は知らなかったから。知っていたら……」

テオに冷たいまなざしを向けられ、スカイの言葉は舌先で凍りついた。自分が何を言おうとしていたか、どんな印象を与えてしまったかに気づき、スカイはぞっとした。顔を真っ赤にしながら両手で口をふさぐ。

「僕が誰か知っていたら、君はどうしていたというんだ？」テオは彼女の失言をあげつらった。「五つ星のホテルにしてくれと要求したのか？　それとも、バージンと引き換えに、最上階のスイートルームでの一夜を望んだのか？　そして、ルームサービスも頼んで？」

「私は何一つ、あなたにねだったりしなかったでしょう」

「君が求めたものはただ、匿名の相手との意味のない情熱の一夜だけか」

「そうよ、あの夜、私が望んでいたのはまさにそれだわ！」

スカイは自分が口にした言葉の響きに、内心顔をしかめた。とはいえ、彼女はもはや自制心を失っていた。テオが彼女の予想を裏切る反応ばかり見せるからだ。

ロンドンでベッドをともにした男性に、まさか再会するなどとは夢にも思わなかった。もうすぐ失われる自由に身を任せた夜のことは、彼女一人の秘密となるはずだった。

ところが、思いがけぬ問題が生じた。あのときのセックスは決して〝意味のない〟などと表現できるものではなかった。奔放ですばらしい体験だった。無垢(むく)で無知だった彼女を、官能と欲望の世界へいざなってくれた。

そして、スカイにとって絶対に忘れられない思い出となった。

それでも、匿名という条件については最初の約束どおり守り通すことができた。その結果、スカイはまったく安全なはずだった。ヘリコスにやってきて、テオ・アントナコスとの再会という、残酷な運命に直面するまでは。

「そして、私は望んだとおりのものを手に入れたわ……それはあなたも同じはず。あなたが求めていたのもそういうことでしょう！　違うかしら？」

「たしかに、僕だって結婚を望んでいたわけではない！」

「ほら、ごらんなさい……私たちは二人とも、自分が求めていたものを手に入れたのよ。であれば、そういうことにして、あとは忘れてしまえばいいんだわ！」

「そう簡単にいかないのは君もよくわかっているだろう！　なかったことになどできない！」

「どうして？　私たちがすべてを過去に押しこめて前へ進めば、それですむことでしょう」少なくともテオにとっては、とスカイは悲しい気持ちで心の中で言い添えた。

「そんなふうにはいかない」ゆっくりとかぶりを振りながら、テオは低い声で言った。

「なぜ？」

「僕たちの――君の立場という問題があるからだ」

「私の？」

「君は僕の父の婚約者だ。その事実で、天と地ほどの違いが出てくる」

「そんなことはないわ」スカイは反論した。「私たちが忘れさえすれば」

「スカイ！」テオは憤然として両手で髪をかきあげた。「〝忘れる〟などという選択肢がないのが君にはわからないのか？」

「どういう意味かしら」

「くそっ！　本当にわからないのか？　君は何も感じないのか？」

「感じるって、な、何を？」スカイは口ごもりながら尋ねたものの、テオが何を考えているのかおぼろげに察し、怖くなった。自分がずっと隠し続けてきたものが何かよく知っていたし、それが明るみに出ることを考えると恐ろしかった。

「僕たちのあいだに存在するものさ」

「私たちのあいだには何も存在しないわ」そんなことは考えるだけでも怖くて、スカイはあわてて口を挟んだ。「私には、あなたがなんの話をしているのかわからない」

「嘘をつくな！」テオの顔はそう語っていた。僕の言いたいことははっきりわかっているくせに。二人のあいだに何が存在するか、いやというほど理解しているはずだ。

「僕たちのあいだには……目に見えない何かが、電気のようなものが流れている。僕は君を見ずにいられないし、触れずにいることもできない！」

スカイの顔から血の気が引いた。

テオにはスカイがどのように感じているかよくわかっていた。最初、彼はそれを否定しようとした。にもかかわらず、愚かにも、真夜中のコテージで彼女にキスをしてしまった。怒りと軽蔑(けいべつ)に駆られてではあったが、同時に、もっと原始的な感情が波のように押し寄せてきた。そして、自分がどうしてスカイにこだわるのか、いっそ島を離れようと思いながらなぜ離れられずにいるのか、その理由をはっきりと思い知ったのだった。

僕はいまだに彼女を求めている。前よりもさらに強く。彼女が金目当てで男に近づく女でもかまわない。彼女をもう一度僕のベッドに連れていくこと以外、考えられない。

けれども、スカイは父の結婚相手だ。僕はいままでほかの男のパートナーに手を出したことはないし、これからだって出すつもりはない。

だがもし、スカイが父と別れたら……。

「僕たちの関係はまだ終わっていない。それは君もよくわかっているだろう」

「終わっているわ!」スカイは動揺し、絶望の叫びをあげた。「終わっていなければいけないの……私はあなたのお父様と結婚するんだから」

「だったら、結婚をやめてくれ!」

ついに言ってしまった、とテオは思った。それはスカイが誰か、なぜヘリコスにいるのか知ったときから毎日、四六時中頭から離れなかった言葉だった。言わないように努力し、言うまいと心に誓った言葉だった。それでも、いつかは言わずにいられないと心のどこかで悟っていた。

この二日間、彼は自分自身と闘い、スカイに近づかないよう必死に努力してきた。自らに激しい運動を強いて海岸を走り、プールで延々と泳ぎ、ジムでウエイトトレーニングに励んだ。おかげで体は相当に疲れたものの、頭は冴えたままだった。

そして夜、暗闇の中で、思い出がよみがえる。

スカイとともに過ごした夜の熱い思い出。彼女のすばらしい体がどんなに甘く、情熱的かを知った夜の、そして、彼女がもっと欲しくなったあの夜のことが。

きのうも今日も、彼女の肉体の魅力に屈しそうになっては、何度も自分に言い聞かせてきた。スカイは手の届かぬ相手だ、彼女は婚約をしているのだ、と。それも自分の実の父と！

スカイは手が届かないだけではない。禁じられた相手なのだ。

だが、そうとわかっていても、二晩とも眠れぬ夜を過ごしたのだった。

二人が過ごした夜について父に打ち明けるよう、どうしてあそこまで強くスカイに迫ったのか、テオはいまになって理解した。真実を明るみに出したいだけではない。僕はこのやりきれない婚約からスカイを自由にしたいのだ。

彼女を独占したい。それができなければ、頭がおかしくなってしまいそうだった。

「父と結婚するのはやめてくれ。僕に対してそんな気持ちをいだいていながら、父と結婚するなんて――」

「あなたに対して？」スカイは震える声でテオを遮った。「私はあなたに対してどんな気持ちもいだいていないわ！」

「嘘だ。君は僕とまったく同じように感じている。君の顔を見ればわかる。僕が近づくたび、君の目には渇望が表れる」

「なんて傲慢な……」

「傲慢かもしれないが、僕が正直であることだけはたしかだ」

テオは彼女の顔を見据えてわざとゆっくり、一歩また一歩と前へ踏みだし、隠しきれないスカイの反応を見守った。彼女の顔がテオのほうへ吸い寄せられ、息づかいが変わり、瞳が陰る。

「わかっただろう？　スカイ、考えてもみたまえ。父が本当のことを知ったらどうなるか……」

「どうして知られるというの？」

スカイの声の調子が急に変わり、そこにはテオに推し量ることのできない何かが含まれていた。彼の感情は怒りから不安へ、憤慨へとめまぐるしく変化した。そしてさらに、彼女の体をつかんで抱き寄せたい、何もわからなくなるまでキスをしたいという、激しい欲求が生じた。あの柔らかく官能的な唇にキスをすることは、この世でもっとも単純で……納得のいく行為だ。

ああ、僕は何をふざけたことを考えているんだ？　テオは自分を戒めた。キスはスカイとの混乱しきった関係のなかでもっとも率直な行動と言えるかもしれない。しかし、始めたが最後、あっという間にどうしようもなく複雑で難しい状況へ飛びこむことになるだろう。彼女が父のものであるあいだはキスなどできない。だが、スカイは何か個人的な秘密の理由があって、このおぞましい婚約にしがみつこうと決心しているらしい。

「そんなことを尋ねる君が信じられないよ」

「私が何もなかったふりを……」

「ああ、そうだな。できるだろうとも！」テオは皮肉っぽい笑い声をもらさずにいられなかった。「ふりならできるだろう……しかし、説得力を持たせたいなら、いま僕に対して見せているよりもずっと高度な演技をしなければ無理だぞ！」

テオがこの部屋に入ってきて、両手に顔をうずめているスカイを見つけてから初めて、彼女は沈黙した。ショックに凍りついた表情で彼をじっと見あげている。

「君は何か隠しているんだろう？　いいかげんにしろ、スカイ。いったい何がどうなっているんだ？」

スカイは彼から視線をそらし、一心に足もとの絨毯（じゅうたん）を見つめた。それは異様とも思える光景だった。

「どういう意味かわからないわ」

「嘘をつくな！」

テオはスカイの目の前に来て片膝をつき、彼女の顎をつかんで顔を自分のほうに向けさせた。スカイが顔をそむけようとすると、指の力を強め、強引に前を向かせる。

「話すんだ！　君がどうしてそこまで父との結婚に固執するのか、その理由を僕は知りたい」

9

いったいなんと答えればいいのだろう？　スカイは自問した。まったくの八方ふさがりだ。

スカイには、母のために決意した、絶対に破れない約束がある。クレア・マーストンは娘がなぜ突然、ずっと年上のギリシア人の億万長者と結婚することにしたか、本当の理由を知らない。知ったら、母はショックを受けるだろう。母に人生を楽しめるだけの健康と体力を手に入れてもらうためならなんでもする、とスカイは心に誓っていた。その代償として彼女自身の人生や幸福をあきらめることになろうとも、そうするだけの価値があると信じていた。

だからいま、選べる道はただ一つしかない。

「どうして結婚に固執するかですって？」軽薄な口調になるよう期待しながら、スカイはきき返した。秘密を守るためには、無頓着で冷ややかな態度をとり続けるしかない。いまさらやめるわけにはいかないのだ。「わかりきったことでしょう？　シリルが私にプロポーズをしたからよ」

テオの反応は今度も彼女を驚かせた。スカイは彼が怒り、あるいは軽蔑をあらわにすると予想していた。ところが彼はスカイの言葉を一蹴し、かぶりを振った。

「そんな答えでは満足できないな」冷たい口調できっぱりと言う。

激怒したり癇癪を起こしたりするほうがずっとましだった。テオのきわめて冷静な態度は、スカイをひどく動揺させた。

「満足できないですって？　どうして？」

テオに返事をする間を与えるつもりで言葉を切ったのに、彼は答えなかった。スカイがさきを続けるのを待っているようだ。

「なぜ信じられないの？」苦悩のあまり、声に鋭さが加わる。「正常な精神の持ち主なら、断るわけがないでしょう？　私は絶対に断らないわ」

そこでようやくテオの顔に変化が現れた。表情が厳しく険しいものに変わったのだ。ほんの一瞬前までは、彼からなんらかの同情や理解を得られるのでは、という期待があった。だが、もはや彼にそれを求めることができないのは明らかだった。

テオは体を引き、スカイの顎をつかんでいる手の力を弱めた。二人のあいだに再び壁が立ちあがり、彼が離れていくのを感じて、スカイの目に涙がにじんだ。

それでも、このほうがいいのよ。

このほうが安全。

そう考えたところで、スカイはあることを思いついた。テオの問いかけに対して守勢にまわったら、私はすぐに追いつめられてしまう。自分のために立ちあがり、攻勢に出るべきだわ。

スカイはテオの手を顎から振り払い、彼を押しのけて立ちあがろうとした。しかし、大柄な体は押してもびくともしなかった。

テオを押しのけることをあきらめ、スカイは肘掛けにもたれるようにしてよろよろと立ちあがった。そして急いで向き直り、彼がまだひざまずいているうちに高さで優位に立とうとした。

「私とシリルとのことに、どうしてそんなにこだわるの？　あなたとお父様は仲がいいとは言えないんでしょう？」

スカイの最後のひとことがテオのガードを崩した。彼の顎がこわばり、頬の筋肉が引きつる。

「誰から聞いた？」

「シリルからよ、もちろん」

テオが背を伸ばし、ゆっくり立ちあがると、スカイは喉がからからになった。靴を履いていないのでいつもより数センチ低くなっているせいかもしれないが、テオの長身がこれほど威圧的に感じられたのは初めてだった。

「父はそれについてなんと説明した？」

「二人には……意見の相違があったと」

「それはいささか控えめな表現だな」

その苦々しげな口調から察して、明らかに〝意見の相違〟という程度ではなかったようだった。

「原因はなんだったの？」

「本当に知りたいのか？」テオは問いただすようにきいた。「本気で？」

「ええ、知りたいわ」本心ではなかったが、そう聞こえるように努めた。「そうしたら、いろいろと理解できるかもしれないし」

テオの顔に浮かんだ表情が、それはむなしい期待だと語っている。だが、スカイはここで引き下がるつもりはなかった。

「話して」

テオは両手をジーンズのポケットに突っこんで、開け放たれた窓のそばへ歩いていき、日光を浴びてきらめいているプールの青い水面を眺めた。

「僕は、父が選んだ相手と結婚することを拒否したんだ。それで父は僕を勘当した」

「なんですって？」スカイは唖然(あぜん)とした。「冗談でしょう！」

テオがさっとこちらを振り向いた。その真剣な顔つきに、半分笑いを含んだスカイの反論の声はたちまち消え入り、信じられないという表情もぬぐい去られた。

「僕が冗談を言っているように見えるか？　とんでもない。これは冗談半分に話すような話題ではないんだ」

「でも……あなたのお父様は……どうして？」

テオの口もとがゆがみ、ユーモアのかけらもない笑みが浮かぶ。

「父は昔から僕の人生を支配しようとしてきた。幼いころの僕は完全に父のコントロール下にあった。父の許可なしには息もできないくらいにね。母は僕が五歳のときに亡くなり、二年後、僕はイギリスの寄宿学校に送られた」

「たった七歳で？」

テオはうなずいた。スカイは心底ショックを受けているらしかった。衝撃と、はっきり読みとれない陰りが顔に浮かんでいる。彼が気弱になっているときであれば、同情と思ったかもしれない。

「必ずしも孤独ではなかった」テオはそっけない口調で応じ、なおも続けた。「同い年の少年が集まったクラスに入れられたからね。父は僕に最高の教育を受けさせると決めていたんだ。父にとってそれは、イギリスの寄宿学校からイギリスの大学に進むことだった。そのあとはもちろん、アントナコス・コーポレーションで働かせる」

「お父様はあなたの人生を何から何まで計画していたのね」

テオは口もとを皮肉っぽくゆがめた。「そうとも。僕の結婚相手も含めて」

スカイは大きな椅子の肘掛けに腰を下ろした。目にはまだ不思議な暗い陰が浮かんでいる。彼女の目に意識を集中しろ、とテオは自分に言い聞かせた。視線と意識を彼女の目に集めれば、それ以外の部分について考えるのを避けられる。

ドレスのストラップが細いせいであらわになっている、軽く日焼けした肩や、椅子の端に腰を下ろしているために裾(すそ)が持ちあがり、むきだしになっているすらりとした脚。ブラジャーをつけていないのは明らかで、ちょっとした身ぶりをするたびに柔らかな胸のふくらみが揺れた。

スカイが髪をかきあげると、テオの血圧は危険なほど高くなった。熱い思い出がよみがえり、彼の腰に巻きついた脚や、彼の体の下で身もだえていた彼女の姿が頭に浮かび、テオは思考力を失いかけた。そのため、次にスカイが口にした言葉を聞き逃しそうになり、意識を無理やり現在に引き戻さなければならなかった。

「あなたはそのお相手が気に入らなかったの？」

「君は父をよく知らないようだな。僕は彼女に一度も会わなかったし、父も会っていなかったはずだ」

「一度も、顔を合わせたことがなかったの？」

テオはうなずいた。「あれは、いわば政略結婚だったんだ。両家の父親が交わした、血も涙もない財務上の取り引きさ」

「あなたはいっさい意見を言わせてもらえなかったの?」

「父がそのつもりだったのは間違いない。当時、僕は二十七歳で、父に孫を見せてやってもいい年ごろではあった。そこで父は結婚適齢期の娘がいる家を調べあげ、アグナという女性の父親が魅力的な土地を持っていることを知った。それと、十九歳の彼女がまだバージンで、アントナコスの富にはかなわないとはいえ、資産家の娘であるということも。父にとっては完璧な選択だったわけだ」

「つまり、そのお相手にも選ぶ権利は与えられなかったのね?」

「あたりまえだ。強欲な二人の老人からすれば、アグナの果たすべき役割は一つしかない。いい結婚をして、一族の資産を増やし、その資産の跡継ぎを産む、それだけだ」

「ああ、やめて! それじゃ彼女はまるで繁殖用の雌馬みたいじゃない!」

テオの言葉がスカイの脳裏を何度もよぎり、苦々しさが増していった。シリルは自分の思いどおりに息子を結婚させられなかったため、次善の策をとったのだ。若い妻、スカイ自身の言葉を使えば〝繁殖用の雌馬〟となる女性を迎えることによって。

「言っておくが、僕が彼女をそう見ていたわけじゃない」テオは語気鋭く応じた。「彼女を突っぱねたのは僕だということを忘れないでくれ。僕には結婚するつもりはさらさらなかった。その結果、相続権を失う羽目になった」

「お父様は本当にあなたを相続人から外したの？　一ペニー残らず？」

「〝一ペニー残らず〟というのは正確ではない。僕はすでに自分自身の会社を興していたから、父はその収益には手をつけられなかった。僕が実際に相続権を失ったのはこの島さ」

「ヘリコス？」

　テオは口を引き結んでうなずいた。

「ここは母の土地だったから、僕が相続するのが筋なんだ。そのほかの財産などはどうでもいい！　独身に別れを告げるのを拒んでから五年のあいだに、僕は会社の利益を二倍以上に増やした。個人資産はいまでは父に匹敵するほどになっている。だから君は、僕が大損をしたなどと心配する必要はない」

「私は――」

　スカイが言いかけたとき、電話のベルが部屋に響き渡った。彼女は音のする方向へ目をやったが、電話よりも話の続きのほうが大事だった。私がショックを受けたのは彼が失った財産の大きさではなく、父親の仕打ちのひどさを知ったせいだと、テオにわかってほしい。そのほうがはるかに重要だ。

「私はそんなことを考えていたわけじゃないわ！」スカイは言葉を継いだ。「私は――」

電話の音が再び彼女の邪魔をした。

「出なくていいのか？」テオがきいた。

「出るべきなのかしら。あなたのお父様は……」

シリルは、彼の生活に立ち入るなと態度ではっきり意思表示している。スカイは、連れ歩くためと、ベッドをともにするためだけの飾り物の妻となるのだ。

「どのみち、父からの電話だろう。それに違ったとしても、君は近々アントナコス夫人となるためにここにいるんだ。だから、その計画を中止するつもりがないなら、この家の女主人を演じるのに慣れておいたほうがいいんじゃないのか」

テオはまた窓際へ行き、スカイに電話を受ける時間と機会を与えた。

電話はたしかにシリルからだったが、彼の口調と用件はスカイの背筋をぞっとさせた。これまでもシリルは彼女に深い愛情を示したことは一度もなかった。しかし、いまの電話でのひどくそっけない口ぶりと、今夜は家に戻れないという内容は、彼女をひどく不安にさせた。

何かまずいことが起きたのではないかと心配になり、スカイは居ても立ってもいられなくなった。何かシリルの気持ちを変えさせることが起きて、私が払うつもりの犠牲だけでは充分でなくなったのだろうか？　そう考えると、自分がいかに孤独か、孤立無援かを、スカイは強く意識した。だがテオがすぐそばにいては、勇気を出して尋ねることもできなかった。シリルは命令を伝え終えると、彼女が返事もしないうちに電話を切った。

テオが振り返ったとき、スカイはまだ電話のそばに立ち、唇を嚙んで不安げに眉を寄せていた。

〝君の面倒はテオが見てくれる〟とシリルは言ったが、いまのスカイはどちらがつらいか考えることすらできなかった。この強い不安感と孤独感か、それとも、またテオと二人きりになることか。

「シリルは今晩アテネに泊まるそうよ」テオがこちらを見ているのに気づいて、スカイはぶっきらぼうに言った。「明日まで戻らないわ。お父様は……私の面倒はあなたが見てくれるとおっしゃっていたけど」

そう言いながらスカイが目を上げたので、二人の視線がからみ合った。

彼女はいま何を考えているのだろう、とテオは思った。自分自身が何を考えているかは、よくわかっている。

父は明日まで戻ってこない。僕は二十四時間スカイと二人きりになる。

誘惑の二十四時間。誘惑の夜。

〝お父様は、私の面倒はあなたが見てくれるとおっしゃっていたけど〟

ああ、くそっ！　父は僕がどんなふうに彼女の面倒を見たいと思っているか、まるでわかっていないのだ。さもなければ、彼女の世話を僕に任せるわけがない。

僕はすでに二日間にわたって必死に闘ってきた。もう一日、この家に彼女と二人きりという状況に置かれて、僕は自分の感情を厳しく律することができるだろうか？　そんな危険な賭(かけ)はしたくない。

「悪いが、僕も用事があるんだ」

「そう」

スカイはテオのほうを見ようとせず、部屋の奥にかかっているギリシア神話の女神ペルセポネの絵に見入っている。

「一人で大丈夫か？」

「問題ないわ」

彼女の声はかすれていなかったか？　テオは自問した。それにあんなに何度もまばたきをするのは、ふつう、涙をこらえようとするときではないだろうか？

「スカイ？」

彼女はようやくテオのほうを振り向いたが、目は焦点が定まっておらず、どこか遠くを見つめているようだった。

「あなたはどうしたいの？　私があなたから離れられないと証明したいわけ？　あなたが……私たちのあいだに流れているという電気のせいで、私はあなたと別れられないと？」

「ばかな。そんなことは考えてもいない」テオは不気味なくらい穏やかな声で言った。

「君はためらいもなく僕を捨てられることを、こちらはいやというほどよく知っているからな。ちゃんと前例がある」

「あれはひと晩かぎりのことだと言ったはずよ」

「そして僕は、前にも言ったとおり、ひと晩かぎりの関係は結ばない主義なんだ」

スカイの目の焦点が合ったように見え、暗く陰ったまなざしがテオの視線と一瞬ぶつかったが、彼女はすぐにまた目をそらした。

「まだ満足できていないと言いたいの？」

「僕は、ぜひまたあのときの経験を繰り返したいと思った。こっちが目を覚ましもしないうちに、おびえたうさぎさながら、君が大あわてで逃亡したりしなければ」

「私は逃亡なんかしなかったわ！」

「君が急いで部屋を出ていったのはたしかだ。いったいなぜなんだ、スカイ？　朝になって急に理性が戻ったのか？」

「まったく違うわ。あの日、こちらの条件をのんでくれなければお別れだと私は言った。そして、あなたは同意してくれたでしょう」

「僕は君の言うとおりにしたが、契約を交わしたわけではない。愚かにも、朝食くらいは一緒に食べてくれるだろうと考えていたんだ」

「私は自分がどうするつもりかちゃんと話したわ。そのとおりにしたからって、どうしてあなたに文句を言われなくてはいけないの？」

「利用されたと僕が感じたからさ」

予想もしない返事にスカイは驚き、混乱のあまり、強い調子で言い返した。「そんなのお互い様じゃないの！」

「なんだって？」

「だって、ふつう男性はそんなふうに感じないものでしょう……。男性が一夜だけの関係を求めたとき、女性はそう感じるけど。たまには女性の気分を味わってみるのもいい経験だわ」

「僕は君を利用なんてしなかった！」

「私たちはお互いを利用したのよ。あれは……あなたが言ったように、〝意味のない情熱の一夜〟だったわ」

「無意味というのは本当だ。君は記録的な早さで姿を消したからな！」

ああ、彼に真実を知ってもらえたら！　スカイは心からそう願った。

あの朝、彼の大きく温かな体に寄り添い、たくましい腕に抱かれて目覚めたとき、私がどんなふうに感じたか、彼に知ってもらえたなら。彼の横でつかの間の幸せに浸っていた私は、すぐには現実の世界に戻れなかった。目を閉じ、顔に愚かな笑みを浮かべ、彼に抱かれている快感を楽しんでいた。抱き締められたままずっと横たわっていられたら、いつまでも動かずにいられたら、とどんなに願ったことか。

ついにあの部屋をあとにしたとき、スカイの顔はあふれる涙で濡れていたのだ。

10

「ごめんなさい」スカイはテオに謝らなければならないと感じ、素直に言った。「あなたがまさか、自分は利用されたなんて思うとは考えもしなかった。あなたをそんな気持ちにさせるつもりはこれっぽっちもなかったの。あの夜のことは忘れて……水に流せないかしら?」

「そんなこと、できるわけがない」テオは声を荒らげた。「僕たちのあいだには……まだ炎が燃えている。僕は忘れられない……君は忘れられるのか?」

一生無理よ、とスカイは胸の内で認めたが、それでも、彼女は忘れるよう努力しなければならないのだ。あの一夜の記憶を振り捨てないことには、彼女と両親に未来はない。

「私は忘れなければいけないの」いささかの迷いも感じさせない声になるように願いながら、スカイは答えた。「私たちは忘れなければいけないのよ。私はあなたの父親と結婚するんですもの。お互い、以前に会ったことなどないという顔をして生きていかなければ」声がしだいに小さくなる。

「君にはそれができるのか？」テオは尋ねた。「僕たちが愛し合ったことなどなかったと――最初から義理の母親と息子でしかなかったと、そんな顔ができるのか？」

いいえ、できないわ……そんなの耐えられない！

スカイは胸を真っ二つに引き裂かれたように感じた。私はテオの義理の母親になんてなりたくない。私はテオの……。

だが、それはかなわぬ定めだった。テオはスカイにとって禁じられた相手なのだ。

スカイはやっとの思いで背筋を伸ばし、顔を上げた。冷たく分析するようなテオの目をまっすぐ見つめ返す。

「ええ」内心とはかけ離れた自信たっぷりの声が出たことに、スカイは我ながら驚いた。

しかし、テオを納得させられるほど自信に満ちて聞こえただろうか？

残念ながら、テオは納得したようには見えなかった。それどころか、彼の表情は謎めいていて、何を考えているのか、まったく見当がつかない。

そのとき、スカイの顔を見つめたまま、テオが深く息を吸いこんだ。かすかに、ほんのかすかに首をかしげる。

「それなら証明してくれ」テオは唐突に言った。

「え？」

「証明するんだ」鋼のように鋭い声でテオは繰り返した。「僕と愛し合ったことがないようなふりができると言ったな。そこまで自信があるなら、やってみせてくれ。父が帰ったときに備えて、練習にもなる。父は、僕が君の面倒を見ると言ったんだろう。いまからそれを始めようじゃないか」

「でも――」

抗議の声をあげようとしたスカイを、テオはすぐさま遮った。「今日はこれから僕と過ごすんだ。僕が島を案内してまわる。いかにも模範的な義理の息子がやりそうなことだろう。君は僕の義理の母親になれ。そして今日一日が終わったとき、これからもずっと同じように暮らしていけると君が確信できたら、僕はもう君の邪魔をしない……一生」

スカイの心は希望と絶望のあいだで激しく揺れ動いた。彼女の中の一部は、テオの提案を実現して彼から解放されることを望んでいる。それでいて、スカイが何よりも求めているのは、いつまでもテオのそばにいることだった。もちろん、義理の母としてではなく。だが、それは禁じられた望みだった。

とるべき道が決まっているとすれば、テオの提案――シリルに監視される心配がないうちに練習をしておくという案も、検討の余地があるかもしれない。

スカイは途方に暮れた。ただ一つたしかなのは、テオの断固たる表情からして、彼女が拒否した場合、彼はそれを自分流に解釈するだろうということだった。スカイが心の平安を得る機会を完全に奪ってしまうに違いない解釈を。

選択肢は一つしかないように思えた。スカイはゆっくりと口を開いた。

「わかったわ。そうしましょう」

僕は本当にこんなことをするつもりなのか？　スカイと車に乗りこみ、屋敷をあとにしながらテオは自問した。誘惑と闘うのは難しい、危険な賭はしたくない、と思っていたんじゃなかったのか？

本心では、僕は誘惑を望んでいるのだ。彼女に背を向け、ただ立ち去るなどというまねはできない。スカイと一緒にいると、いままで感じたことがないほどの生き生きとした感情があふれだす。たとえこれが最後になろうとも、その興奮を経験する機会を逃すわけにいかない。

それに、ヘリコスに戻ってきたのは五年ぶりだ。僕自身、お気に入りの場所、少年時代に愛した場所を再訪したい。

「まずは海岸沿いの道を走ろう」テオはスカイに言った。「そうすれば、途中で修道院跡や洞窟を見てから、村に行ける。おいしい料理を出す小さな食堂を知っているんだ。その店の経営者は僕にとって家族同然でね」

そう、家族以上と言ってもいいくらいだった、とテオは思い出した。一家の長女、ベレニスは彼より五歳ほど年上なだけだが、彼が父に結婚を無理強いされそうになったころ、父とベレニスは親密な関係にあった。父との最後の会話で自分が投げつけた言葉がよみがえる。

〝そんなに跡継ぎを増やしたいなら、自分が愛人と結婚すればいい。ベレニスと子供をつくれよ！〟

〝ああ、そうするかもしれん！〟

だが、そのときのシリルの答えは口先だけに終わり、どうやらベレニスは過去の存在となってしまったらしい。父は、ふつうの村人にすぎない女性を五人目のアントナコス夫人に迎えるのは気が進まなかったようだ。

代わりに父が選んだのは、自分の半分にも満たない年齢のイギリス人の娘だった。いつもの父の好みとはまるで異なる娘。

ベレニスのほうがずっと父好みのはずだ。シリル・アントナコスは、小柄で胸の豊かな、黒い髪と黒い瞳の女性に惹かれる。背が高く、ほっそりとして、赤褐色の髪をしたスカイ・マーストンのような妖婦ではない。

スカイは、こうして車内で間近に座っていると、耐えがたいほどの激しい欲望を感じずにはいられなくなる女性だ。呼吸するたびに彼女の肌から立ちのぼる柔らかな香りを嗅ぎながら、テオはスカイに対して何もできない苦悩にさいなまれていた。

ブレーキを踏んで車を乱暴に止め、なりふりかまわず彼女に手を伸ばしたくなる。この腕に抱き締め、唇を奪い、情熱的なキスを長々としたくなる。抑えきれない情熱と欲望に身を任せ、どちらも何もわからなくなるまで。

「くそっ」テオは悪態をつき、手の関節が白くなるほど力を込めてハンドルを握り締めた。

タイヤの下で小石が跳ねあがって車体の底に当たり、スカイが驚きと困惑の表情で顔を上げた。「どうかしたの？」

「ヘリコスの道路事情のひどさを忘れていたよ。一瞬でも集中力を欠かすことはできない」

「でも、景色には目を奪われるわね」スカイは彼にほほ笑みかけた。「海がこんなにさまざまな色を見せてくれるなんて、知らなかったわ」

もう一度こんな笑顔を向けられたら、僕は我を忘れてしまうだろう。テオは無理やり注意を道路に引き戻した。

「いまは十月だが、なんといっても夏が最高だ。夏になると、ここはこの世でいちばん美しい宝石のようになる」

「ぜひ見たいわ」

スカイの声が奇妙にかすれ、頼りなげに、そして危険なほど魅力的に響いたため、テオはつい誘惑に屈しそうになり、歯を食いしばった。

「見られるとも」内心の葛藤のせいで、思いのほかきつい口調になってしまったことに、テオは気づいた。「そのころ、君はここで暮らしているはずだから……僕の義理の母親として」

スカイの顔を平手打ちにしたところで、これほどおびえはしなかっただろう。彼女の反応があまりに激しかったので、テオは過激な物言いを心の中でののしった。スカイは身を縮め、おびえたうさぎが巣穴に逃げこむように自分の殻に閉じこもってしまった。急に目の色が暗くなり、白い歯が柔らかな唇に食いこむのを見て、テオは自らを呪(のろ)った。

とはいえ、彼をそそる微笑がスカイの顔から消えたことはある意味でありがたかった。彼女が顔をそむけ、青紫色の海に注意を戻してくれたおかげで、テオはライラック色のドレスの下の柔らかな胸や、裾(すそ)からのぞく脚に悶々(もんもん)とせずにすむようになった。

スカイがこうして顔をそむけたまま目の前の景色を眺めていてくれれば、僕はなんとか自制できるかもしれない。わずかに残っている分別をかき集め、欲望が解き放たれてしまうのを避けられるかもしれない。

一方、スカイは、テオになかば背を向けて眼前に広がる景色を眺めながら自分に言い聞かせていた。こうしていれば私は自分の感情を抑えこめるかもしれない、と。さっきはつい彼に顔を向け、ほほ笑みかけてしまった。致命的とも言えるあやまちだった。

彼に顔を向ければ、いやでも二人の距離は縮まる。そのため、テオの男性としての存在感を強烈に意識する羽目になった。はっとして息を吸いこんだときに彼の体から立ちのぼる香りに刺激され、スカイは思わず微笑し、テオの油断のない黒い瞳をまっすぐに見つめた。すると、たじろぐような色が彼の目に一瞬浮かび、スカイをとまどわせた。

ところが、そこでテオの態度が一変した。彼はけだるげな声で意地悪く言った。

〝そのころ、君はここで暮らしているはずだから……僕の義理の母親として〟

その言葉に私がどれほど傷ついたか、テオはわかっているのだろうか？　わかっているに違いない。だからこそ口にしたのだ。シリルとの結婚をやめないかぎり、私とテオがどういう関係になるか、思い出させようとして。

どうしてもこらえきれず、スカイは小さくしゃくりあげるような声をもらした。テオの義母の役を演じ通せると考えるなんて、私はなんてばかだったんだろう。

きつく問いただす声が車内の空気を鋭いナイフのように引き裂き、スカイを飛びあがらせた。

「どうした？」

「なんでもないわ」

テオは低いののしりの言葉を吐き、ブレーキを踏んだ。周囲に小石をまき散らしながら車が止まる。

「君は何かに動揺した。僕はその原因を知りたいんだ」

「いちいち教えなければわからないの？」スカイは体をひねってテオと向き合い、こみあげてきた涙を押し戻そうと目をしばたたいた。「だって……あなたはわかりすぎるほどわかっているはずなのに。私がお父様と結婚することに、どうしてそこまで反対するの？それがあなたにとってどうしてそこまで大事なことなの？」

「君が――僕たち二人が偽りの人生を送ることになるからさ」

「私たちはたったひと晩一緒に過ごしただけなのよ！　そのせいで一生を左右されるなんておかしいわ」

「僕にとっては忘れられない一夜だ。君だって同じはずだ」

テオは一歩も引きそうにない、かたくなな表情を浮かべ、さらに続けた。

「君はバージンだった……初めての相手はいつまでも忘れられないという話を、聞いたことがあるだろう」

テオの言葉は、スカイの傷ついた心をさらにひどく痛めつけた。彼女は少しのあいだ目をつぶっていたが、すぐにまぶたを上げた。

「あら、それが私の場合にも当てはまるなんて、うぬぼれないでちょうだい」自分を守るため、スカイは軽薄で無頓着な女を演じることにした。「あなたは自分が私にとって忘れられない相手だと思いたいんでしょうけれど、そんなことはないわ」

嘘よ。スカイの良心が彼女を非難した。私はまざまざと覚えている。彼の手の感触も、キスも、愛の交わし方も、すべてが生き生きと鮮やかに脳裏に刻みこまれている。色とりどりに輝く夢のような思い出は、いつまでも褪せることはないだろう。絶対に。

　スカイの言葉は嘘であっただけでなく、テオを容赦なく侮辱した。彼の目に怒りの炎が燃えあがり、顔の筋肉がこわばる。

「だから君は逃げだしたのか？　僕が簡単に〝忘れられる〟相手だったから？」

　尋ねながら、テオは車を発進させた。ふだんの彼の運転を知らないスカイでもわかる、まったく彼らしくない乱暴なやり方でエンジンをふかし、ギアを替える。

「それとも、自分がいかにみだらかを知って、怖くなって逃げだしたのか？」

「怖くなんてならなかったわ！　何を怖がる必要があるっていうの？」

「なんだって？」

　誰もいない道路で、車が再びタイヤをきしらせて止まった。テオはすばやく自分のシートベルトを外し、スカイのほうに向き直ると彼女の腕をつかんで引き寄せようとした。だが、シートベルトがスカイの体を引き止める。

　テオはいらだたしげな声をあげ、ベルトのボタンを押した。すると、スカイが彼の腕の中に倒れこんできた。「何を怖がる必要があるかだって？　教えてやろうじゃないか……」

　鋼のような腕でテオは彼女を抱き締めた。彼の唇が荒々しく押しつけられ、スカイは無理やり唇を開かされた。

　スカイの抵抗は、心臓が一度飛びはねるうちに消え去ってしまった。彼女の唇はたちまちテオに屈して柔らかくなり、彼を受け入れた。その味わいは上等のワインのようにスカイを酔わせた。スカイが彼を味わい、自分の唇を差しだすと、テオはさらにキスを深め、彼女の口の中を存分に味わい、渇望に火をつけ、コントロールがきかなくなるほどに欲望をかきたてた。

テオはスカイの体を愛撫し、彼女をじらした。荒っぽさは少しもなく、スカイの欲望は痛いほどにつのり、下腹部がうずきだすのを感じた。スカイの指がテオの肩をつかみ、コットンのシャツに覆われた筋肉に食いこむ。さらに彼女の手は上へと滑り、テオの黒いシルクのような髪をまさぐって、彼の顔が動かないように支えた。

スカイはどこかほかの場所に行きたかった。テオに奪ってもらえる場所、二人がお互いを奪える場所に。スカイの熱くなった頭の中には、車のドアを開け、道路わきの草地へと転がり出てテオを引っ張っていく映像が浮かんでいた。ところがそのとき、あらがうような低いうめき声が聞こえたかと思うと、テオが彼女から無理やり唇を引きはがし、運転席へと体を戻した。その胸は激しく上下し、息づかいも乱れている。

「くそっ！」

そう口にするだけでも喉が痛むとでもいうように、ひどくかすれた声だった。

「君は何を恐れる必要があるかときいたが、いまのがまさにその答えさ！　もし君が怖くないとしても、僕は死ぬほど怖い。自分が正しいと信じていることを忘れさせられてしまう……自分がこうあるべきだと信じる道を踏み外してしまう」

　スカイは震えていた。その震えが、テオの反応を恐れてのものなのか、テオに引きだされた自分の奔放さを恐れてのものなのか、彼女にはわからなかった。木の葉のように震えながら、同時に、これまで経験したことがないような生命の躍動を感じていた。

「だからこそ、君は父と結婚してはならないんだ……いいかげん、認めろよ！」

　スカイは何も言えなかった。口を開くことができなかった。口を開けば、本心を露呈してしまう。ひと声発しただけでも、見抜かれてしまうだろう。彼の言葉がいかに真実をついており、私がどれだけ打ちのめされているかを。認めろと迫る必要さえもなく、声だけで知られてしまう。

　だからスカイは沈黙を守った。テオも何も言わなかった。

　彼の沈黙にはどこか、スカイをさらに打ちのめすような気配がこもっていた。

　こんなふうにテオを巻きこむつもりは、スカイにはなかった。彼女個人の地獄にテオも落ちることになるとは夢にも思っていなかった。満たされない強い思いと罪悪感、そして、やけどしそうなくらい熱い欲望は、一人で耐えているだけでも充分つらい。そのつらさを自分以外の人間にも強いることになるのだと思い、スカイは恐れおののいた。しかも、いまの自分にそれを避けるすべは何一つない。

「テオ……」

　スカイは震える手を彼の腿へと伸ばした。だがテオははっと姿勢を正し、その手を乱暴に振り払った。

「やめてくれ！　二度と僕に触れないでくれ。僕たちが触れ合ったらどうなるか、よくわかっただろう。二人とも炎となって燃えあがってしまう。僕たちが一緒にいるのは危険だ」

　スカイは何も言うことができなかった。

「君はいまでも父と結婚するつもりなのか？」

「あなたのお父様がもらってくれるなら」

「それなら、絶対に僕に近づかないでくれ」

　理不尽だとわかっていても、いまのテオはそう言うよりほかなかった。

　彼の体の中で爆発した欲望の嵐が思考力を吹き飛ばしてしまい、いまも彼は、体を燃えあがらせる荒々しい感情と闘っていた。

　スカイをまっすぐ見る勇気すらない。もし見たら、キスで腫れあがった柔らかな唇や、乱れた赤褐色の髪、ずりあがったドレスの裾からのぞく腿といった光景が目に入ってしまう。まだくすぶっている欲望が一瞬のうちに燃えあがり、今度は自分を抑えることができないかもしれない。

「たったいま言ったとおり、僕たちは一緒にいると危険だ」

「それならこの車をUターンさせて、私を家に連れて帰って」

「君は島を見たいと言ったじゃないか」

「言ったわ。でも……」

テオの頭にはいくつもの考えが駆けめぐっていた。彼はそれをなんとかまとめようと試みた。

「僕は島を案内すると言った。僕たちは外にいれば——おおやけの場所にずっといるようにすれば、問題はないはずだ。屋敷に戻るよりもむしろ安全に違いない」

僕は彼女にヘリコスを見せたいんだ、とテオはしぶしぶ認めた。僕の好きな場所——子供のころ走りまわった海岸や、騎士ごっこをした修道院跡、そして母や母の先祖が埋葬されている場所を。遊んではいけないと言われていた地元の少年たちと友達になり、そしてのちには父に隠れて異性について多くのことを学んだ村へも、スカイを案内したい。そうした場所を父ではなく、僕が彼女に見せてまわりたいのだ。

そろそろ真実を認めてもいいころかもしれない。僕は自分の父親に激しく嫉妬している。父がこの息をのむほど魅力的な女性と婚約していることに。いまの僕は、金目当てで利用されてもかまわないと思っている。そうすることでスカイ・マーストンをもう一度ベッドに連れていけるなら。

そのためなら、僕はなんだって……必要ならば魂を売ることだってする。ただし、父と結婚する以外にも道はあるのだとスカイを説得する唯一のチャンスを生かすには、彼女と二人きりでともに時間を過ごすしかない。そのあいだ、下腹部のうずきと荒れ狂うような欲求不満に耐えなければならないが。

「僕のことは君の個人ガイドだと考えてくれ」テオはどうにか説得力のある口調で言うことができた。「僕は決して自制心を失わない。未来の義理の息子にふさわしい態度をしっかり守ると約束する」

そうとも、完璧(かんぺき)な義理の息子として振る舞ってみせる。一歩たりとも道を踏み外したりしない。それでもし、スカイが義理の母親として扱われることを不快に感じるなら……僕の思うつぼというものだ。

11

午後のあいだ、テオは約束を守った。彼はエスコート役に徹し、完璧(かんぺき)な義理の息子を演じた。礼儀正しく、よく気づいて、あれこれと世話を焼く。ただそれだけだった。少なくとも外見は。

頭の中はまったく違っていた。

ふつう、義理の息子は義理の母親に対して、テオのような思いや考えをいだいてはならない。たとえば、柔らかなコットンのドレスの下で揺れる胸や、引き締まった脚に目を奪われてはならない。義理の母が靴を脱ぎ、素足で砂浜を歩くとき、その華奢(きゃしゃ)でなめらかな足に目を奪われてもいけない。そして、絶対に彼女を求めてはいけないのだ。抱き締めて何もわからなくなるまでキスをし、どこか人目のつかない場所に連れていって服を脱がせ、激しく愛を交わしたい、などと。

ところが、テオの頭の中はそんなことで占められていた。スカイの前では完璧に自制し、車で島のあちこちを訪ねては、その場所の歴史や由緒について語った。彼女を楽しませるため、自分の子供時代のエピソードを加えたり、ギリシア語を教えたりもした。夕闇が迫ってきたころには村の小さな食堂へ案内し、最高の地元料理をごちそうした。

「なんておいしいのかしら！」スカイはほうれん草のパイを食べ、すっきりした白ワインで喉の奥へと流しこんだ。「もう一度このパイの名前を教えてくれる？」

「ブレカキアだよ」

テオはほほ笑まずにはいられなかった。屋外で午後を過ごしたせいでスカイの肌はつややかに輝き、頬は潮風を受けてピンク色に染まっている。髪は青緑色のシルクのスカーフでまとめ、耳には銀のイヤリングが光っていた。

「ブレカキア」スカイは懸命に料理の名前を発音した。「ぜひまた食べたいわ！　とてもおいしいんだもの。私ったら、ギリシア料理といえばフェタ・サラダしか食べたことがなかったのよ」

スカイが笑うと、イヤリングが揺れた。テオが村の店で買ってやった品だ。そこは小さな店だが、何世紀にもわたって代々受け継がれてきたデザインを守り抜いている老舗だった。スカイが銀製のいるかにひと目ぼれしてしまったらしいのを見て、彼女が革製品の露店に目を奪われているあいだに買ったものだった。

これは道を踏み外したことにはならない、とテオは自分に言い聞かせた。未来の義理の母が父の年齢に近かったとしても、僕は同じようにしたはずだ。もっとも、ほかの女性がつけたら、このイヤリングはこれほど美しくは見えなかっただろう。

手を伸ばしてその繊細な銀細工に触れ、さらに彼女の優美な喉もとにも指を走らせたくなる。その誘惑はあまりにあらがいがたく、テオはグラスに手を伸ばして自分の気持ちをそらさなければならなかった。

「サラダが食べたければ、ヤニスにつくらせるよ。しかし君がメインに注文した料理のほうが……」

テオはふと、近くのテーブルにワインを運んできたウエイトレスに目を留め、言葉につまった。

「ベレニス！」

シリルの愛人だった女性だ。

「ちょっと失礼」

席を立つ前に断ったテオに、スカイはうなずいてみせた。「ええ、どうぞ」

ほかになんと言えただろう？　テオがナプキンを置いて椅子から立ちあがるのを見ながら、スカイは自問した。だめよ、と言うべきだったのかしら？　あるいは、あの女性と話すのは許さない、とか？

私にそんなことを言う権利はない。

本当は、スカイは彼に席を立ってほしくなかった。その目的がほかの女性と話すためである場合は絶対に。とりわけ、相手の女性が息をのむほど魅惑的で、セクシーな美人である場合は。

いまの私の感情を言い表すとすれば、一つの言葉しかありえない。

嫉妬（しっと）。

テオをあんなにもあわてて立ちあがらせる女性の美しさにスカイは嫉妬していた。そして、あの女性に気づいたとたんテオの顔に浮かんだまばゆいばかりの笑みにも嫉妬していた。それにこたえてベレニスという女性の口もとに浮かんだ微笑と、見るからに温かな挨拶（あいさつ）の仕方にさえ嫉妬していた。

ただ嫉妬しているだけではない。勢いよく立ちあがって二人のところに歩いていきたいという衝動に駆られ、自制心をかき集めなければならなかった。

〝テオに近づかないで！　彼は私のものよ！〟

「ああ、なんてこと！」

ショックのにじんだつぶやきが口からもれ、スカイはグラスに手を伸ばしてワインをあおった。

まさか、私は……。

気分を落ち着かせようとしてもう一度店内にすばやく視線を走らせたが、テオの姿が目に入り、かえって心が乱れる結果となった。

背が高く、広い肩と厚い胸がひときわ目を引くがっしりした体。腰は引き締まり、筋肉質の脚はすらりと長い。店内にともされた何本ものろうそくの炎に照らされ、彫りの深い彼の顔はギリシア神話に登場する神のようだ。スカイは、まったく新しいテオがそこにいる気がした。

それ以上に彼女の心を乱したのは、テオがベレニスに顔を向け、彼女の話に熱心に耳を傾けている姿だった。

ほかの女性と一緒にいるテオなど見たくない。ベレニスは彼の顔を見あげ、視線をからみ合わせながら、早口のギリシア語で何か話している。

もはや耐えられないとスカイが顔をそむけかけたとき、テオの顔つきが深刻になり、二人が重要なことについて話し合っていることがわかった。おそらく、スカイには聞かれたくない話に違いない。ほどなくテオがベレニスの頬にキスをするために身を乗りだすと、スカイの目は涙で熱くなった。

スカイは無意識のうちに、銀の繊細なイヤリングに手を伸ばしていた。

テオが買ってくれたイヤリング。ひと目で気に入ったものの、常に倹約を余儀なくされているスカイは、しぶしぶそれを元の場所に戻した。テオがそんな彼女の様子を注意深く観察していたことに気づいたのは、この店に入ってテーブル越しに小さな箱を渡されたときだった。

〝初めてのヘリコス周遊の記念品だ〟テオはさりげなく言った。

愚かにも、彼女はそのプレゼントを過大評価してしまった。あまりにうれしかったので、それをすぐにつけ、ワイングラスをまわしたり傾けたりして、イヤリングがどう映って見えるかたしかめようとした。はしゃぐ子供のように、にこにこしながら。

〝気に入ってもらえてうれしいよ〟テオの感想はそれだけだった。

銀のイヤリングはスカイからすれば高価でも、テオにとっては安物なのだろう。

だが、彼女にとっては大きな意味があった。その〝大きな意味〟のせいで、スカイは自分が嫉妬している理由を直視せざるをえなかった。

私が嫉妬しているのは、恋に落ちてしまったから。私はテオ・アントナコスに恋をしてしまった。絶対に自分のものになることのない、決して愛してはいけない人に。

結婚しなければならない相手の息子に。

ああ、なんてことかしら！　スカイは深く暗い絶望の淵（ふち）へと落ちていった。

しかしそれもつかの間、話を終えて戻ってくるテオの姿が目に入り、スカイはすぐにも落ち着きを取り戻さなくてはならなかった。こんな打ちひしがれた姿を彼に見せるわけにはいかない。

「すまない」

テオは心ここにあらずといった様子だった。

「いいのよ」

向かいに座った男性の圧倒的な存在感に、スカイの全身は激しく反応していたが、テオのほうはまったく別の思いにとらわれているようだった。彼は眉をひそめてグラスの中身を見つめ、片手をいらだたしげに動かして、しきりにテーブルをたたいていた。

もちろんベレニスのせいだ、とスカイは思った。テオは彼女に会ってうれしそうだった。けれども、途中で雲行きが怪しくなり、彼の気分は百八十度変わってしまったらしい。

ベレニスはテオにとってどういう存在なのだろう？　ただの友人かしら？　テオの最初の反応からすると、それだけとは思えない。

彼がほかの女性とつき合っていながら私を誘惑しようとした、という可能性はあるだろうか？

あるに決まっているでしょう！

グラスに手を伸ばしたスカイは、あさはかにも中身を一気に飲み干してしまい、たちまち酔いがまわってくるのを感じた。

ドライブ中の出来事から、私は何も学ばなかったの？

〝何を怖がる必要があるっていうの？〟と私は彼に食ってかかった。

すると、彼は行動で示してみせた。

私を抱き締めるやいなや、容赦のないキスを浴びせてきた。思いやりや優しさはいっさいなく、ただ相手を支配するためだけのキスだった。二人のあいだには激しい情熱しかないと示すための。

私はテオのものだと、大昔の奴隷さながら焼き印を押されたに等しかった。彼の私に対する欲望に、愛情はほんの少しも含まれていない。だから彼はほかの女性にいくらでも欲望を感じることができる。だけど、私のほうは彼しか愛せないし、心を完全に彼に捧げてしまっているから、ほかの男性に欲望を感じることは決してない。

「帰ろう」

テオの鋭い声に、スカイはみじめな物思いから現実に引き戻された。

「でも、まだ食事が終わっていないわ……メイン料理の……」

「君は空腹なのか？」テオはぶっきらぼうにきいた。

「私は……いいえ……空腹というわけではないけれど」

それどころか、食事を始めたときに感じていた食欲は、完全に失せてしまっていた。ギリシア料理に舌鼓を打っていたのがはるか昔のことに思える。

「だったら帰ろう」

これ以上、帰る帰らないについて話し合うつもりはない。テオの表情はそう語っていた。さらに、耳障りな音をたてて椅子を押しやったしぐさが彼の固い意志を強調した。

椅子の背にかけておいたジャケットに手を伸ばし、スカイも席を立った。

来たときと違い、テオはスカイの手を取ってエスコートしようともしなければ、彼女がついてきているかどうか振り返ることもしなかった。ベレニスが何を言ったにしろ、それがテオをひどく怒らせたことは間違いない。こんな状態で、車に乗って二人きりになったらどうなるだろうかと考え、スカイは内心震えあがった。

しかし、実際にはその不安はまったくの的外れで、スカイはとまどいを覚えた。テオは恐ろしいスピードで車を走らせたものの、屋敷に着くまでひとことも口をきかなかった。

屋敷に着いてからも口を開こうとせず、テオは車のドアを乱暴に閉めると、足早に居間へ向かった。そして居間に置いてあるブランデーをグラスにつぎ、ひと口ぐいとあおった。

「要するにあなたは機嫌が悪いわけね」ついに我慢しきれなくなり、スカイは居間の戸口から声をかけた。「それで、理由は説明してくれるのかしら?」

「君は自分が求めている答えの重要性を理解していない」テオは無愛想に答えた。

「私はただ説明を求めているだけよ。あなたは私に説明をする義務があると思うわ。食事の途中で急に人を置き去りにして、ほかの女性と話しに行ったんですもの!」

ああ、愚かなことを口走ってしまった、とスカイは悔やんだ。まるで不安に駆られた嫉妬深い恋人みたいじゃないの。不安にさいなまれ、嫉妬を感じているのはそのとおりだけれど、私にはそんなふうに感じる権利はないのに。

「それに、私が食事を終えないうちにお店から引きずりだしたり……」

「君は空腹ではないと言った」

「ええ、おなかはすいていなかったわ、あなたにきかれたときは。向かい側にいる人にものすごく不機嫌そうな顔でにらまれていたら、食欲も失せてしまうわ」

「すまなかった」

その言葉は、スカイの耳にはとうてい謝罪とは聞こえなかった。

「だが、僕はどうしてもあそこにいたくなかったんだ」

「それなら、あなたにはその理由を説明する義務があるはずよ」

「そんな義務はない！　僕が君に約束したのは、僕の島を案内してまわることだけだ」

「私はあなたの大事な島について話しているわけではないわ！」

その瞬間、ぎらついていた黒い瞳に警戒の色が加わり、口もとと顎がこわばった。自制しきれなかったその小さな反応に、スカイはテオの動揺を見てとった。

「あなたの島……」当惑したスカイの頭に、まったく新しい考えがゆっくりと芽生え始めた。

「僕の島」テオは眉を寄せ、すごみのある声で繰り返した。「僕の島がどうしたというんだ、かわいいスカイ？」

その口調から、芽生えたばかりの考えが正しいことをスカイは確信した。皮肉っぽくゆったりとした口調、そして〝僕の島〟という言葉の強調の仕方。

〝ここは母の土地だったから、僕が相続するのが筋なんだ〟テオの苦々しげで沈んだ声がスカイの頭の中で鳴り響いた。

「あなたのお父様は……息子であるあなたを相続人から外した」

テオは燃えるような目でスカイの顔を見つめ、すばやくうなずいた。

「跡継ぎの座から追われる前は、あなたがヘリコスを相続するはずだった。でもいまは……」

「いまはなんだ、いとしい人（アガペ・ムー）？　その想像力豊かな小さな頭の中で何を考えている？」

「何もかも、それが原因だったのね？　あなたがシリルと私の関係を壊そうとしたことも、私と彼を絶対に結婚させまいとしたことも。相続人から外されたとき、あなたは将来この島を自分のものにするチャンスを失った。けれども、ほかに相続人がいないかぎり、シリルが考え直す可能性は常にある……」

「続けたまえ」スカイが口ごもったので、テオは氷のように冷たい声でさきを促した。

「思わず聞き入ってしまう話だ」

「だけど……もしシリルが結婚してほかにも子供が生まれたら、その子があなたの代わりに相続人となるはず。あなたが、なんとしてもお父様と私を別れさせようとしたのは、私がシリルと結婚しなければ……子供ができなければ……大事な相続財産、ヘリコスはあなたのものになる可能性が大きくなる。結局はそれが目的だったのね」

スカイはそこまでまくしたててから息をつき、心臓をどきどきさせながらテオの反応を待った。

彼の反応はまたしても予想だにしないものだった。

驚いたことに、彼は声をあげて笑いだした。頭をのけぞらせ、あたりにとどろく大声で。とはいえ、決して愉快そうな笑いではなかった。温かさはみじんもなく、ユーモラスな響きもまったく感じられなかった。冷酷で皮肉っぽく、スカイが一気にまくしたてた非難に対するあざけりに満ちていた。

「ああ、いとしいスカイ。もし本当にそんなふうに考えているなら、君は僕という人間をまるっきり理解していない。父にもう一人子供が生まれるのを、僕が本当に阻止しようとしていたのなら、僕はひどく落胆する羽目になる。なぜなら、父にはすでに新しい跡継ぎがいる……いや、やがて生まれると言うべきか」

「そんなことありえないわ！　だって……」

「ああ、君が父と一度もベッドをともにしていないという話は聞いた。しかし、君は一つ学ばなければならないことがあるんだ、いとしい人(アガペ・ムー)。僕の知るかぎり、父はどんな女性に対しても誠実であったためしがない。これからもそれは変わらないだろう。父には愛人がいる。名前はベレニスだ」

テオはグラスを近くのテーブルに置いた。スカイがなんらかの反応を見せるだろうと考え、それを待つつもりらしかった。けれども彼女は反応することができなかった。少なくとも、テオが予想していたような形では。

たしかに、胸の中で渦巻いている感情を抑えるのは大変だった。しかし彼女が表に出すまいと闘っている感情は、テオが考えているものとはかけ離れていた。

ベレニスはシリルの愛人だった。テオとはまったく関係がないんだわ！

本当なら、ショックを受けて当然なのだろう。テオは彼女が怒りだすものと踏んでいるかもしれない。ところが、彼女の心は強い安堵と幸福感でいっぱいだった。

「さっきの店にいた女性？」

「そうだ」テオは答えた。「ベレニスは何年も前から――僕がヘリコスを離れる前から、父の愛人だった。彼女はずっと、自分が子供を産めない体なのではないかと恐れていたんだ」

「でも、いまになって……」テオがさきを続けるのをためらったので、スカイが代わりに言った。

「そう、いまになって、ベレニスの心配は杞憂にすぎなかったことがわかった。彼女は妊娠三カ月で、子供の父親はシリル・アントナコスだ」

12

「父親はあなたのお父様なのね？」

蒼白（そうはく）になったスカイの顔を見て、テオは彼女が失神するのではないかと不安になった。実際、彼女はふらついていて、いまにもその場にくずおれそうに見えた。

「スカイ？」

心配なあまり、テオの声はかすれていた。スカイの反応はテオにとってはまったくの予想外だった。予想していれば、真実をこんなにも露骨に伝えはしなかっただろう。父に愛人がいるという事実にスカイがほとんど動じなかったので、彼女はやはり父のことをなんとも思っていない。それなら、ベレニスが身ごもっていることを知っても動揺しないに違いない。テオはそう思いこんでいたのだ。

テオはあわてて駆け寄ってスカイを抱きかかえ、なかば引きずるようにして長椅子へと連れていった。

「さあ……ここに座って」彼女を座らせ、自分も隣に腰を下ろす。「すまない……あんなふうに……」

「いいのよ」スカイはつぶやいた。その声は弱々しく、言葉とは正反対の意味に聞こえた。

「いや、よくない。僕は……」

テオが謝罪の言葉を探すあいだに、スカイがちらりと目を上げた。そのとき、テオは彼女の淡いグレーの瞳に光るものを認めた。

「ああ、スカイ！　泣いているのか？」

「いいえ！」

スカイは挑むように顔を上げ、毅然と顎を突きだした。だが、せっかくの強がりも、声が震えたせいで台なしになった。

「泣いてなんかいないわ！」

「本当に？」テオは低い声できき返すと、指をスカイの目尻に滑らせ、柔らかなまつげに触れた。「それなら、これはなんだ？」

スカイは視線を落とし、テオが差しだした指先に輝くしずくを見つめた。沈黙が垂れこめる中、スカイが必死に自らの思いを閉じこめておこうと努めていることを、テオはひしひしと感じとった。

そのとき、彼女の喉が鳴り、小さくすすり泣くような声がもれた。熱い涙がひとしずく、テオの手に落ちる。

「ああ、スカイ！」

「私……」スカイの声がとぎれた。「私、こんなことはできない。絶対にできない！」

自分の胸の中ではじけた感情を、テオはなんと表現したらいいかわからなかった。心配か、あるいは同情か。だが、不純な感情もまじっていた。一人の人間として抑えようのない感情が。

それは、ようやくスカイの本心をのぞくことができたという満足感だった。この涙は、本来の彼女が欲得ずくの堕落した人間ではないことのあかしであるはずだ。

それでもテオは、彼女の口からはっきりと聞きたかった。どうしても聞きたかった。シリル・アントナコスと結婚できないという言葉を。

「なんだって？」

テオは身じろぎもせず、スカイに触れようともしないで尋ねた。確信が得られるまでは触れるわけにはいかない。いったん触れたら、もう二度と彼女を放せなくなってしまうだろう。

「いまなんと言ったんだ？」テオは重ねて尋ねた。

スカイは大きくあえぐように口を開いた。「私、できない……」

「君は〝こんなことはできない〟と言ったが、何ができないんだ？　スカイ、教えてくれ……君は何が絶対にできないんだ？」

「この結婚よ！」スカイは悲痛な声で訴えた。「私、あなたのお父様とは結婚できない！絶対にしないわ！」

スカイの目から涙がどっとあふれだした。水晶のようなしずくが頬を伝い、テオの手に、彼女の服に落ちる。

スカイはひたすら泣いていた。頬が涙に濡(ぬ)れても、まったく声を発しない。

テオは胸を締めつけられた。彼が知っているほかの女性なら、しゃくりあげながらも自分の思いをまくしたてるだろう。スカイは大理石の彫像のような青白い顔をして、身じろぎもせず、声さえたてない。

ただ涙を流すだけ、とめどなく流すだけだ。目に哀れな孤独の色を浮かべて。

テオはもう自分を抑えていられなかった。

「さあ、おいで！」

スカイの背中に腕をまわし、抱き寄せる。彼女はテオのシャツに顔をうずめ、肩を震わせた。

「泣かないで」シルクのような手ざわりの髪を撫(な)でながら、テオはなだめた。「どうか泣かないでくれ、いとしい人(アガペ・ムー)……」

それからテオはギリシア語でささやき続けた。スカイに理解できるかもしれないと考えたら、決して言わないはずの言葉を。ギリシア語でなら、彼はスカイをダーリンと呼び、彼女がどんなに美しいか、彼女をどれほど欲しいと思っているか、正直に口にすることができた。彼女の国の言葉で、面と向かっては決して言えないようなことを。なぜなら、スカイに笑われそうだから。

スカイに触れてはいけないと考えたのは正しかった。彼女のほっそりした体に触れたとたん、テオは二人のあいだに引かれた、目に見えない一線を踏み越えた自分を感じた。彼女に触れ、肌のぬくもりや柔らかさを感じると、指が熱くなり、まるで感電したかのように全神経が麻痺しそうになった。

急に、スカイがとても小さく、か弱く思え、せつなさでテオの胸は痛んだ。彼女の肌の香りと甘いフローラル系の香水に刺激されて強い欲望がわきおこり、めまいさえ覚えた。すでに下腹部は限界近くまで張りつめ、テオはもう少しでうめき声をあげそうになった。

いつの間にかスカイのすすり泣きはやんでいた。肩の震えも止まっている。それでいて、彼女はテオから離れようとせず、胸に顔をうずめたままだった。

「スカイ……」

テオは彼女の髪や首筋に手を滑らせた。彼の声はもはや隠しようもない欲望にかすれ、ほとんど聞きとれなかった。

スカイが吐息をもらし、かすかに体を動かした。すると、シャツを通して彼女の息づかいが伝わってきて、テオは心臓をわしづかみにされたようなショックを受けた。

「スカイ……」

もはやテオのささやきは愛撫(あいぶ)も同然だった。彼はいま触れたばかりの髪や首筋にキスをしていった。唇で味わう彼女の肌の感触は、この世にこれ以上のものはないと思わせるほどすばらしいものだった。彼女の髪をまとめているシルクのスカーフをほどくと、長い髪がはらりと落ち、かぐわしい香りが立ちのぼった。

「さっきの言葉は、父と結婚できないと言ったのは本心かい？」

つややかな髪の下で、スカイの首がゆっくりと縦に振られた。

「それなら言ってくれ！　言うんだ、いとしい人(アガペ・ムー)。その理由を」

「私、あなたのお父様とは結婚できない。なぜなら……」

スカイの声はとても小さく、神経を集中して耳をそばだてていなければ、聞き逃してしまったかもしれない。だが、テオはしっかりと聞きとった。

「なぜなら、私が欲しいのはあなただから」

その瞬間、テオの頭の中で、血液が雷鳴のような音をとどろかせて奔騰した。スカイの言葉を聞いたいま、彼はもう何も必要としなかった。彼女の唇を奪い、どこまでが自分で、どこからスカイなのかわからなくなるほど、彼女を強く抱き締めた。

なんのためらいも抑制もなく、スカイは唇を開いた。彼女は欲望の炎と化していた。テオはもう待つことなどできなかった。

「スカイ、僕の美しいスカイ、一緒に来てくれるかい……僕のベッドへ？」

「ええ」スカイは唇を重ねたまま、ため息まじりに答えた。「ええ……お願い。でも、ここではいや」

最後の言葉の意味を、テオはすぐに察した。父の家ではいやだ、という意味だ。テオはすばやく立ちあがり、スカイを腕に抱きあげた。このうえない歓喜から生じる力で軽々と彼女を運びながら、肩でドアを押し開け、夜の闇の中へと足を踏みだした。タイル敷きの中庭を横切り、プールサイドのコテージへと向かう。テオはドアを蹴り開けて中に入るや、キッチンと小さな居間を足早に通り抜け、次のドアを開けた。

そこはもう寝室だった。テオはスカイをベッドに下ろし、自分も隣に横たわった。そして彼女の髪に指をくぐらせて頭を支え、キスをした。

屋敷からの短い移動のあいだに、ひんやりした夜気がスカイの情熱を冷ましてしまうのではないかという不安は、取り越し苦労だった。スカイの反応はさっきより激しかった。彼女の情熱的なキスにテオはすっかりのぼせあがり、飢えた体でスカイに覆いかぶさった。

自分を包みこむテオの熱い体とその重みを、スカイは喜びとともに迎えた。

これがどういう結果につながるかわからない。そんなことは考える気にもなれない。わかっているのは自分がこうしたいと思っていることだけだ。これまでの人生でもっとも強い思いが私を満たしている。この先どうなるのか、あるいは自分に将来があるのかどうかさえもわからないけれど、いまは思いを貫けばいい。

何があろうとシリルとは結婚できない。決心がついたおかげで、スカイは胸が高鳴るような自由を感じていた。シリルとは結婚できない。彼を必要とする女性が、父親を必要とする子供がいるとわかったからには。

自分の家族の問題、父の苦境についてはどう切り抜けたらいいか見当もつかない。なんとか打開策を見つけなくては。シリルに懇願するか……とにかくどんなことでもする！でも、いまは何も考えられない。明日は明日の風が吹く。今夜は私のもの、私とテオのものだ。

今回は初めてのときとはまったく違った。ロンドンでのあの夜とは。不安も神経質な心配も、まったくいだいていない。

テオの前に肌をさらしても恥ずかしさは覚えず、ただ触れ、愛撫してほしいという気持ちしかなかった。テオが彼女の服をすべて脱がせるより先に、スカイは彼の服に手をかけた。Tシャツを脱がせ、彼の肌に直接触れたかった。だが、スカイの手は、ブラジャーを外そうとしていたテオの動きを妨げ、彼をいらだたせた。

「スカイ……」テオは名を呼んだあと、ギリシア語で不平を言った。

テオがあげた抗議のかすれ声を聞き、スカイは笑いがこみあげるのを感じた。この大柄でたくましい男性を、私は触れただけで動揺させることができるんだわ。

「テオ……」スカイは彼の言い方をまねて応じた。

「小悪魔め！」

テオはスカイの体をとらえ、うつ伏せにして柔らかな枕に顔を沈めさせた。彼女が動けないよう片手で押さえつけたまま、ストラップを外してブラジャーを部屋の向こうにほうり投げる。唯一スカイの体を覆うものとなった白い小さなシルクの布はもう少し手間がかかった。しかし彼は、スカイの体の上に乗り、背筋に沿ってキスをしていくことで問題を解決した。彼のキスに快感をかきたてられ、ショーツが下ろされていくあいだ、スカイはただじっと横たわって服従するほかなかった。

柔らかなヒップにテオの熱い唇が押し当てられたとき、彼女は歓喜のうめき声をあげた。彼が笑うと、熱く心地よい息が肌にかかる。テオはもう一度彼女の体を抱きあげ、仰向けにした。

「このかわいい妖婦め……」

笑い声で言いながらも、テオの態度は劇的に変化していった。

テオの黒い瞳に獰猛なほどの欲望が燃えあがるのを見て、スカイは息をのんだ。彼の息づかいが荒くなり、頬がうっすらと赤くなる。

「君は美しい」

官能に震えるため息がスカイの顔に触れる。頬の輪郭をたどるテオの指はかすかに震えていた。女性を知りつくした力強い手がスカイの首の横から肩へと下り、さらにバストのすぐ下へ達し、柔らかなふくらみを包みこんだ。硬くなったピンク色の先端を彼の親指がもてあそび、挑発する。

「ああ、テオ……」

快感が体の隅々まで広がっていく。テオの体に釘(くぎ)づけにされながら、スカイは身をよじり、弓なりに反らした。テオの目が危険な輝きを帯びたかと思うと、彼は顔を近づけ、激しいキスをした。テオを求めて脚の付け根が熱くうずく。

今夜はこの甘いうずきが始まりにすぎないと、喜びに我を忘れるほど大きくなっていくとわかっている。スカイはテオの唇をむさぼりながら、彼のベルトを、腰のボタンを外し、ファスナーを下ろしていった。

「いとしい人(アガペ・ムー)……」

スカイの手が目的の場所へ達し、熱い高まりを包むなり、テオは声をつまらせた。

スカイは本能的に高まりを撫で、テオがせっぱつまった抗議のうめき声をあげるまでじらし続けた。

「君はすべてを台なしにしようとしているんだぞ、かわいい人」テオは彼女の耳に向かってうなるように告げた。「僕は自制を失いそうだ」

「私は自制してほしいなんて言ったかしら？」スカイは彼の耳の輪郭に沿って舌を走らせつつ、からかうように応じた。「それは今夜の私が求めているものじゃないわ」

「そうなのか？　それなら、僕たちは二人とも同じものを求めているらしい」

残りの服をテオから取り去る作業は楽しく、甘美でさえあった。スカイが彼のジーンズや下着を脱がせると、テオは彼女の体にすり寄った。彼の長い脚がスカイの腿を割る。

同時に彼はスカイの張りつめた胸に唇をはわせた。両手でふくらみを持ちあげ、その頂のまわりを円を描くように唇でなぞる。そして痛いほどとがらせてから、片方ずつ口に含み、そっと吸ってはスカイの欲望に火をつける。

「テオ！」スカイは責めるように彼の名を叫んだ。テオを招き、誘い、激しく要求しながら、彼の体に自分を押しつける。

テオは彼女の要求にためらいもなくこたえ、荒々しく獰猛に、スカイの中に分け入った。あまりに強く、あまりにねらいがたしかだったので、スカイは目を閉じて体を反らし、テオに奪われる喜びにすべての意識を集中させようとした。

「だめだ……そうじゃない！」

突然あがった抗議の声に驚き、スカイはぱっと目を開けた。テオの顔が真上にあり、射るような黒い瞳が彼女の当惑したグレーの瞳を見下ろしている。

「今日は目を閉じてはだめだ！　今回は、最後の瞬間まで僕と一緒にいてくれ。今回は、誰が君と愛を交わしているか、知っていてほしいんだ」

この人にはわからないの？　私が誰と一緒にいるか、誰が私を愛してくれているか、これ以上ないほどしっかり自覚していることを？　こんなふうに男性に自分を捧げるのは生まれて初めてなのよ。こんなふうに自分を捧げられるのは人生で一度きり。

今夜、私は愛する男性と愛を交わしている。そして、もしこれが彼と一緒に過ごせる最後の夜だとしたら、今夜に匹敵する夜は二度と訪れない。彼に匹敵する男性も絶対に現れるはずがない。

「私はあなたが誰かよく知っている……」テオが彼女の体の奥深くで動き、さらに強く深く押し入ってきたので、スカイの言葉はとぎれ、歓喜のうめき声に取って代わられた。しばらくして彼女はようやく言葉を継いだ。「私は、ほかには誰も欲しくない」

「その言葉が聞けてうれしいよ」

テオのかすれた声は、勝ち誇って喉を鳴らす虎に似ていた。欲望と、このうえない満足が入りまじった、豊かで危険な声。

「なぜなら、今夜の僕は、君がもうほかの男とは愛し合えないようにするつもりでいるからだ。今夜の営みを経験したら、君は僕のことしか考えられなくなる」

「もう考えられなくなっているわ……」

テオが再び動いた。巧みな愛撫で、我を忘れるほどスカイを興奮させながら、胸の頂を口に含んでかすかに歯を立てる。スカイは枕の上で髪を振り乱した。

「僕の名前を言うんだ」テオがくぐもった声で命じた。「さあ、僕の名前を」

「テオ」スカイはすぐさま従った。「テオ……テオ……テオ！」

最後には悲鳴のような甲高い声になった。体のあちこちを刺激され、絶頂へと近づいていく。あと少し……もう少しで……。

「僕だけ」テオがスカイの肌に向かって荒々しい声で告げた。「僕だけだ」

「あなただけ」スカイは陶然となり、自分の声が届いているのかいないのかもわからずに、繰り返した。「ああ、ええ……あなた……」

そこからさきは歓喜の叫び声に押し流された。あらゆる感覚が舞いあがって粉々になり、金色に光り輝くクライマックスの中で、スカイは意識を失った。

13

翌朝、二人を起こしたのは電話の音だった。

屋敷にかかってきた電話だったが、向こうに誰もいないときはコテージの電話に転送されるようになっている。

テオは小声で悪態をつき、電話のある居間へ歩いていったが、スカイはまだ、重いまぶたをなんとか開けようと努力しているところだった。

少しして戻ってきたテオが、受話器を彼女に差しだした。

「君にだった。イギリスのお父さんからだ」

彼の表情や口調がなぜ不機嫌そうなのか、スカイには理解できなかった。それでも、母の容態を知りたいという気持ちがすべてに勝り、ほとんど奪いとるようにして受話器を取って耳に押しつけた。

「お父さん?」

テオは寝室から出ていった。スカイが落ち着いて話せるようにとの配慮なのだろう。湯沸かしのスイッチが入れられ、マグカップにスプーンがぶつかる音が聞こえたが、そのときはすでに父が話を始めていたため、スカイは電話のほうに注意を集中しなければならなくなった。

十分後、電話を終え、テオが戻ってくるのを待っていた彼女は、彼が気遣いを示したわけではないことに気づいた。なぜか、テオがわざと自分を避けているように思えた。

スカイは上掛けをはねのけ、体を覆うためにいちばん手近にあったものをつかんだ。それはきのうテオが着ていたTシャツで、柔らかな生地にはまだ彼の香りが残っていた。丈は腿にやっと届く程度で、すらりとした脚のほとんどがあらわになってしまう。とはいえ、いまさら慎み深さを装っても意味がない。テオにはゆうべ、体の隅々まで見られ……触れられ、キスをされたのだから。乱れた髪をいくらかでも整えようと手で梳(す)きながら、彼女は居間へ向かった。

テオは中庭(パティオ)に面した戸口のそばにいた。ドアを開け放ち、霧にかすむ水平線を見つめている。ジーンズしか身につけておらず、むきだしの背中を見て、スカイはショックを受けた。ゆうべ、頭が真っ白になるほどのクライマックスに達したとき、彼女がつけた爪跡がブロンズ色の肌に残っていた。

「テオ?」

考え事にふけっているせいか、聞こえなかったらしい。スカイははだしのまま静かに近づいていき、小さな赤いみみず腫れにそっと触れた。

「テオ」小声で呼びかける。「テオ！」

声を強めて繰り返すと、彼はぎょっとした様子で勢いよく振り向いた。その表情を見て、スカイは胸騒ぎを覚えた。

「何か問題でも？」かすれた声できく。

「いや」

テオの声は硬く、瞳は輝きを失ってぼんやりとしている。ゆうべの情熱的な彼の顔とは似ても似つかなかった。

「私に話してくれない？」

「何を？　君は何を知りたいんだ？」

テオが手にしたマグカップを見下ろし、顔をしかめた。自分でいれたものの、ほとんど飲まないまますっかり冷めてしまったらしい。彼はまずそうな液体をドアの外の敷石の上に捨て、からになったマグカップを近くの本棚に置いた。

「まず、君のご両親がここにいない理由から始めようか」

スカイはにわかに緊張を覚えた。彼は私の電話に聞き耳を立てていたのかもしれない。

さきほどの電話によって、冷たく厳しい現実を突きつけられ、ゆうべの浮き立つような幸福感はたちまち雲散霧消した。ここから逃げだして自由になるという夢は無惨に砕け散り、スカイはいま、絶望の縁に立たされていた。私の愚かな行動のせいで事態はさらに難しいものになっている。私はこれからどうすればいいのだろう? まったくわからない。

「君はまもなく父と式を挙げる予定になっていた。それなら、ご両親はもうここに来ていていいはずだ。娘の結婚式なら、何があっても参列したいと思うんじゃないか?」

少なくとも、その問いにはスカイは簡単に答えられた。「母が病気で……心臓が悪いの。入院しているから旅行は無理なのよ」

「ひどく悪いのか?」テオは鋭い口調で尋ねた。

今度はすぐには返事ができず、スカイは涙をこらえながら、ただうなずくばかりだった。

「どれくらい悪いんだ?」

「もうすぐ受ける手術が、最後の望みの綱なの」

なのに、ゆうべ私が愚かな振る舞いをしたせいで、その望みが断たれてしまいかねないのだ。昨夜、シリルに愛人がいて、その愛人が妊娠していると知り、私はこれから生まれる赤ん坊の幸せしか考えられなくなっていた。ところが、いましがた母の具合が予想以上に悪いとの知らせを聞き、手術のほうも差し迫った問題だと思い知らされた。だが、両方を救うことはできない。一方の苦境を救うには、もう一方の希望を打ち砕かなければならないのだ。

「もし手術がうまくいかなかったら、母は……心臓移植を受けなければならないの」

「それなら、君はこんなところで何をしているんだ？　なぜお母さんのそばにいてやらない？」

「できればそうしたいけれど……ここに来るようあなたのお父様に言われたのよ」次になんときかれるか予想がついたので、スカイはテオに尋ねるいとまを与えず、急いで続けた。

「できるだけ早く結婚式を挙げたいからって……」

「いくら父だって、もう少し待てたはずだ。スカイ……君はいったい何を隠しているんだ？」

　ばかげたことに、スカイは急に自分の無防備な姿がひどく気になりだした。適度に体を覆っていると思えたTシャツが、いまや信じられないほど小さく、肌を露出しすぎているように感じられる。いまの話題にはふさわしくない格好だ。

だけど、どういう格好ならいまの会話にふさわしいのだろう？

そわそわとTシャツの裾を引っ張っても、いま以上に脚を隠すことはできず、かえってテオの視線を引きつける結果になってしまった。

「何かがおかしい」

テオのつぶやきはスカイを震えあがらせた。

「僕は本当のことを知りたい」

問いつめられたら、私は答えずにいられなくなるだろう。でも、真実を洗いざらい話すわけにはいかない。

父からの電話は、その真実がどれだけの重みを持っているか、残酷なほど思い出させた。だから、これまでどおり、私は真実の半分しか話せない。つらいのは、真実を半分しか話せなければ、残り半分は嘘になってしまうことだ。

「スカイ……」

危険なものをはらんだテオの口調に、スカイは息をのんだ。きのうまでと同じように、冷たく軽薄な女を演じなければいけない。

「別に、話すことなんてないわ」

「本当か？」

テオはスカイを見つめた。僕が何より嫌いなのは嘘をつかれることだ。そして、スカイはたったいま、そのかわいい口で嘘をついている。それは間違いない。彼女は僕と目を合わせようとしないし、落ち着かない様子でしきりに足を踏みかえている。

スカイがこんな格好をしていなければ、僕は気を散らされることなく、もっとしっかり頭を働かせられるものを。昨夜彼が脱ぎ捨てたTシャツしか着ていない彼女を目の前にして、気を取られるなというほうが無理な話だ。スカイにあのTシャツを脱がされたときの感覚を、素肌に、そして下腹部に触れられたときの感触を思い出しただけで、熱い興奮がわきおこる。

「どうも信じられないな。僕は知りたいんだ、いったい何がどうなっているのかを」

「何も――」

また言い訳をしようとするスカイに、テオはもはや我慢がならなかった。

「わかった！」テオは遮るように大きく両手を振り、声を荒らげた。「君が説明したいと思うことは何一つないわけだな。よし、その話はあとにしよう。代わりに別のことをききたい」

挑むような警戒の色をたたえていたスカイの目に、驚きと困惑の色が加わった。そればかりか、追いつめられた動物のように一歩あとずさりさえした。

「何かしら？」スカイは不安そうに尋ねた。

「僕にはほかにも疑問がある……こちらは君にとって答えやすいかもしれない。だからそのうちの一つから始めよう。僕たちが初めて出会った夜のことはどうだろう？」

「あの夜が何か？」

「君は、父にプロポーズされたから結婚したと言ったな。金持ちの夫が欲しいから、父との結婚を承諾したんだろう？」

「あなたのお父様は、私がしたいと思う暮らしをさせてくれるとわかっていたもの」

スカイの言葉があまりに軽く聞こえたので、テオは一瞬ぞっとして何も言えなくなった。

しかし、あらためて彼女の目を見ると、柔らかなグレーの瞳は陰り、彼の投げかける問いから必死に自分を守ろうとしている様子がうかがえた。彼女が何かを隠していることは疑う余地がない。こうなったら、それを探りだすまで引き下がるわけにはいかない。

「それなら、僕とのことはどうなる？　金持ちの夫をつかまえるチャンスをふいにする危険を冒してまで、なぜ僕とベッドをともにしたんだ？」

スカイは顎を突きだし、反抗心をむきだしにしてテオの目をまっすぐ見返した。「あなたは私を助けてくれた……あのバーで、ろくでもない連中から救ってくれたでしょう。だから、私はあなたに感謝の気持ちを示したかったの」

「感謝！」テオはおうむ返しにどなった。その声には嫌悪感がにじんでいた。「それで君は僕と一夜をともにしたのか！　答えてくれ、いとしいスカイ。君は誰にでもああいう形で感謝を示すのかな？　いつもああやって借りを返すのか？　だとしたら……いったい父は君にどれほどのことをしてやったんだ？」

スカイの顔から血の気が引いた。「答えるわけにはいかないわ！　あなたにはまったく関係ないことですもの！」

「いや、大いに関係がある！　スカイ、答えるんだ！　何が――」

「お金よ！」どうしようもない絶望感に駆られ、スカイは叫んだ。すると、堰を切ったように言葉があふれだした。「言ったでしょう……私にはお金が必要だったの！　借金が――本当に大きな額の借金があって。私には絶対に返しきれない額の」

「それを僕の父が肩代わりすると言ったのか？　しかし君のご両親だって……」

「私の両親もお金に困っているのよ、私以上に！　それにたとえ両親に助けてもらえるとしても……そんなこと頼めると思う？　母は重病なのよ……ショックで死んでしまいかねないわ！　だから、あなたのお父様が結婚の話を持ちだしたとき——」

「父の気が変わらないうちに飛びついたというわけか」

「私にはそうするしか方法がなかったの。あなたのお父様は……」

「それで、あの夜、僕に割りあてられた役割はなんだったんだ？」

とうに色を失っていたスカイの顔は、信じられないほどに蒼白になった。透き通るような肌は凍りついたようで、まったくぬくもりが感じられない。

「あの晩は……私にとって最後の自由な夜だった。あなたの……お父さんが返事を待っていて、私はあの翌日、それを伝えることになっていたのよ。私はイエスと返事をしなければならなかった……そして返事をした瞬間から、私の人生は自分のものではなくなるとわかっていた……だから……私は求めていたのよ、何か……楽しみを」

「楽しみだって！」

あの夜の出来事は、強制された結婚への反発にすぎなかった。そう思うとテオは喉がつまり、吐き気に襲われた。

「君にとっては、それだけの意味しかなかったのか……ただの気晴らしだったのか？」

「最初はそのつもりだったのよ」

スカイの声には奇妙な響きがあった。テオはその響きの中にあるものを見極めようとしたが、彼女がさらに言葉を継いだので、そちらに気を取られてしまった。

「あのあと、ここにあなたが姿を現すなんて思いもしなかったもの」

「そうだろうとも！　そしてもし僕が姿を現さなかったら、君はどうするつもりだった？　父を欺き続けるつもりだったわけか？」

テオはひどく憤っていた。彼が恐れていたとおり、スカイが軽薄で貪欲な人間だと明らかになったことに。そして彼女の本性がわかったいまでも、自分が彼女を手放す気になれないということに。

初めての夜と同様、スカイとの一夜はいっそう欲望をかきたて、彼にさらなる渇望を与えた。愚かにも、テオはいまでも彼女が欲しくてたまらなかった。彼女と別れることなどできない。

「あなたのお父様は花嫁が欲しいと言った。私はその花嫁になるはずだったのよ」

「父が君の借金の肩代わりを約束したからか？　ところが、君はその結婚は楽しいものにはならないと考えた。そうなんだな？　どうせなら、もっとうまい手があっただろうに、かわいい人」

「どういう意味かわからないわ」

「あの夜……君はお楽しみの相手に僕を選んだ……君がもう少しずる賢く頭を働かせていれば、僕についてもっと多くを探りだせたはずだ。望むものをより多く与えてくれる夫を、君は自分のものにすることができたんだ」

スカイは耳を疑った。「夫って……あなたが言おうとしているのは……」

「君が金持ちの夫を必要としているなら、僕が立候補したと言っているのさ。いまでもするよ」

嘘よ。スカイはすばやく首を横に振った。そんなのはありえない。それではあんまりだわ。あまりにも残酷すぎる。

「答えはノーなのか？」

テオのあざけるような声が、呆然としているスカイの耳を打った。

「まさか断ったりはしないだろう？　借金の肩代わりをするうえに、君がバージンかどうかあれこれ詮索したりしない男のプロポーズを？　それに、僕たちがベッドでのお楽しみという結婚に不可欠な要素をお互い満たせることは証明ずみだ」

これは現実じゃないわ。スカイは両手で我が身を抱き締めたかった。体が震えているのを、テオに知られたくない。

「心を動かされないか？」テオがきいた。

〝心を動かされる〟などという言葉では表現できない。テオの提案は、スカイにとって望みうるすべてとも言えた。ロンドンでのあの夜以来、ずっと夢見てきたことだ。行きずりの愛を交わした男性がなんとか自分を見つけだし、もう一度目の前に現れてほしいと願い続けてきた。私を窮地から救いだし、愛していると告げて結婚を申しこんでくれることを。

いま、その願いがかなない、夢が現実になったようにも思える。ただし、もっとも苦々しく、もっとも皮肉な形で。

まず第一に、テオは私を愛していない。それに、たとえ私がそのことに目をつぶる気になったとしても、結婚はできない。なぜなら、テオは私の父の借金を肩代わりできるかもしれないけれど、問題はそれだけではないからだ。

私がシリルとの結婚を決意したのは、父を刑務所行きから救うためだった。もしシリルとの結婚を取りやめたら、父は告訴されてしまう。

そのとき、大型車とおぼしきエンジン音が遠くから聞こえてきた。

「父が戻ってきた。屋敷に君がいないとわかったら、捜しに来る。決断のときだ、いとしい人。どちらを選ぶ？　父との結婚か、僕との結婚か」

答えは見つからなかった。スカイはコテージの寝室に駆け戻り、くしゃくしゃになったドレスをつかんだ。そして、一分とかからず、テオのTシャツを脱いでドレスを身につけた。テオが戸口に現れたときには、ライラック色のドレスを撫でつけながら、同時に靴に足を突っこんでいた。

「まったく、なんて女だ！」

テオの軽蔑に満ちた声に、スカイは顔をしかめた。

「私はこうしなければならないの」チェストに置かれていたブラシをつかみ、乱暴に髪をとかす。「お願いだからわかってちょうだい！」

「ああ、わかるとも。だが、君も一つわかっておいたほうがいい。考えを変える時間を一分だけ与えよう……そして君が考えを変えたら、僕たちは父のところへ一緒に行く。何があったか、僕から父に話す——僕が君をベッドに連れこんだと説明する」

スカイにとって、この朝の一連のショックのうち、テオの言葉はもっとも信じがたいものだった。まさか彼がこんなことを言うとは。

「ただし、ここから一人で出ていくなら、君は永久に戻ってこられない……わかるな？」

みじめな思いでスカイはうなずいた。テオが本気で言っているのは間違いないと思いつつ。

「ごめんなさい」

それしか言えず、彼女はテオを残して寝室から出ていこうとした。だが、彼のたくましい腕が戸口をふさぎ、スカイの行く手を阻んでいた。

スカイは一瞬、テオが通してくれないのではないかと怖くなった。彼の燃えるような瞳に射すくめられ、心臓が止まりそうになる。テオは彼女の顔に何かを探し求めているようだった。何を見つけたのかはわからない。しかし、彼は腕を下ろすと後ろへ下がった。

「絶対に戻ってくるなよ」テオは険しい表情できっぱりと告げた。

何も言えないのはわかっていたので、スカイは無言でテオの前を通り、玄関に向かった。

彼は腕を組み、石のように硬い表情で彼女が立ち去るのを見送っていた。

涙にかすむ目で、スカイはパティオを横切り、横の出入口から屋敷に入って自室へ戻った。

シリルを乗せた大型車が屋敷の門を入ってきたのは、まさに彼女が自室のドアを閉めたときだった。

14

服をすべてしまい終え、スカイはスーツケースのふたを閉めた。

わびしげなため息がもれる。彼女にできるのはため息をつくことだけだった。もう涙も出ない。少なくともいまは。

家に帰れば、ため息どころではなく、涙と苦悩にまみれることになるだろう。父に納得してもらうよう努力しなければならないし、母の看病もしなければならない。

スカイは窮状から抜けだす道を見つけようと必死に努力した。だが、とるべき道は一つもなかった。唯一残されているのはシリルが新たに示したものだけで、それはどうしても受け入れがたかった。

ヘリポートまで送ってくれる車が玄関前で待っており、制服に身を包んで帽子を目深にかぶった運転手が傍らに立っていた。スカイの荷物を持ち、彼女を後部座席へ案内するあいだ、運転手はひとことも口にしなかった。

スカイにとってそれはむしろありがたかった。いまは誰にも言うべき言葉がない。ただ一人彼女が話をしたい相手は、コテージに閉じこもったまま、まったく姿を見せない。テオと会うことはもうないだろう。二度と。

屋敷からヘリポートまではほんの数分で、心の準備ができないうちに車は停止した。スカイは背筋を伸ばし、車から降りる用意をしようとした。ところが、定められた駐車スペースよりも手前の中途半端な位置に車が止まっていることに気づき、スカイははっとした。

「どうしたの？　何か問題でも？　私はここから歩かなければいけないの？」

「いいや、その必要はない」

その声にスカイの心臓は一瞬止まり、それから二倍の速さで打ち始めた。

「ヘリのすぐそばまで連れていくよ……君がここを離れると決めたら」

「あなたなの？」かすれ声でそれだけきくのが精いっぱいだった。

こんなこと、あるわけがない。これは錯覚よ。だが、彼女が自分にそう言い聞かせているあいだに、運転手が帽子を脱いで振り向いた。

「やあ、スカイ」

「あなた、ここでいったい何をしているの？」

「君に会いに来たんだ」

「でもあなたは、私がコテージから出ていったら二度と――」

「わかっている」テオの声は低かった。「あんなことを言った僕は、救いようのないばかだった」

彼はスカイと別れたくなかった。彼女が立ち去り、二度と戻ってこないなどという事態には絶対に耐えられない。

それなのに、僕はいったい何をした？

愚かにも、スカイが立ち去るしかない状況をつくってしまった。彼女に自尊心を傷つけられて怒りに駆られ、逃げ道が一つしかない窮地に彼女を追いつめた。そのうえ、彼女がその逃げ道を選択したことにますます傷つき、怒りに駆られた。そのため、すべては自業自得だとわかっていながら、スカイがコテージから去っていくのをただ見送った。

ところが、それまでは自尊心の痛みがテオを支配していたが、スカイの背中を見ているうちに深い喪失感に襲われ、自尊心の傷など比べようもないほどの痛みを味わった。テオはスカイに向かって、行かないでくれと叫びたくなった。しかし、暗く激しい怒りがそれを許さず、彼はじっと動かずにいた。そして彼女が見えなくなるやいなや、本棚に置いたマグカップをつかんで壁に投げつけ、荒々しくののしりの言葉を吐いたのだ。

「僕は君を追いつめたあげく、僕に従わなかった君を憎んだ」

「私はあなたのお父様と話し合う必要があったのよ」スカイはか細い声で応じた。

「ああ。君に選択の余地がないのは、ちょっと冷静になればわかることだった。ただ、あのときの僕は何も見えなくなっていたんだ」テオは途方に暮れたというように両手を広げてみせた。「僕は嫉妬していた。嫉妬という感情は人の心に奇妙な影響を及ぼす」

テオの目には、スカイがショックを受けているように見えた。はっと背筋を伸ばし、大きなグレーの瞳を見開いている。その充血した瞳は、彼女が泣いていたしるしだ。テオはそれに一縷の望みを託したものの、そんな自分に嫌悪を覚えてもいた。

「嫉妬ですって?」スカイはためらいがちにきき返した。「誰に対して?」

「父に対してさ」

スカイは後部座席に座っているため、運転席からは姿がよく見えなかった。

彼女の顔を見たいという強い思いが、テオの胸の中にわきおこった。たとえ何を考えているかはわからなくても、スカイがどう感じているか知るために。そうすれば、少なくともいまの状況を切り抜ける手がかりをつかめるかもしれない。

テオは急いでシートベルトを外し、体をひねって彼女と正面から向き合った。

「くそっ、君に会って以来、僕は世界じゅうの男に嫉妬しているんだと思う。だが、いちばん強いのは父に対する嫉妬だ」

スカイの顔を純粋な喜びの表情がよぎった。だがそれはあっという間に消え去ってしまい、テオは落胆した。

「どうして?」

「そんなこと、わかりきっているだろう。君が欲しくてたまらないからだ」

「そうだったわね」

テオはその声に生気を感じとった。とはいえ、それが楽しさの表れか、それとも皮肉の表れなのかはわからなかった。実のところ、両方がまじり合っているようにも思えた。

「テオ……パイロットが待ちくたびれてしまうわ」

スカイはそんなにも早くこの島から出ていきたいのだろうか？　テオは動揺した。自分の気持ちはよくわかっているが、彼女が何を考えているかはまったく見当がつかなかった。

「いや、待ちくたびれてなんかいないさ」テオはうなるように言った。「ヘリの中にパイロットはいないんだから」

「それじゃ、私はどうやってこの島を離れたらいいの？」

「僕が操縦桿を握る。君がどうしてもここを去らなければならないなら」

「もちろん去らなければならないわよ！　私がここに残れないのは知ってるでしょう！あなたのお父様が……」

「父はパイロットに命じてヘリの準備をさせていた。僕がそれをやめさせたんだ」

「あなた、シリルと話したの？」

「決まってるじゃないか。君の出発時刻をどうやって知ったと思っているんだ？」

スカイはこみあげる感情に翻弄され、車が左右に大きく揺れているような錯覚にとらわれた。

テオがシリルと話をした。それなら、彼がここにいる理由は明らかだ。

シリルは、さきほど私にしたのと同じ提案をテオにしたに違いない。私が断らなければならなかった提案を。この世でもっとも欲しいもの、夢に見ているものを手に入れる機会を差しだされたのは、あれが二度目だった。しかも、断るしかない状況で。それでも、同じことをもう一度繰り返させるほど運命は残酷ではないはずだわ。私はすでに、この人にもう一度対面するという試練に耐えているのだから。

少し前に、テオにはもう二度と会えないとつらい気持ちであきらめ、家に帰る心の準備ができかけたのに、ほんの数秒で覆されてしまった。呆然とするほどの衝撃だった。最後にもう一度彼のいとしい顔を見てから別れなければならないとは。テオは、もしくは運命は、どこまで残酷なのだろう。心の中でさよならを言うだけでも充分苦しかった。それを面と向かって告げなければならないなんて、とうてい耐えられない。

「テオ、お願いだから行かせて！　私を求めていないなら……」

「くそっ！　君は僕の話を聞いていなかったのか？　たったいま、僕は君が欲しいと言ったじゃないか、欲しくてたまらないと」

「聞いたわ」スカイは言った。「でも、あなたが言う〝欲しい〟は、私が考える意味とはまったく違う気がするの」

テオは片方の手を握り締め、拳を背もたれに打ちつけた。

「僕が君を欲しいと思っているほどには、君は僕を欲しくない、そう言いたいのか？　もしそのつもりなら、僕は信じない――」

「いいえ」スカイは悲しげな声で遮った。「そんなことを言うつもりはさらさらないわ」

「ということは、君はいまでも僕を欲しがっているんだな？」

「欲しがっているかですって？」

スカイは声を震わせて笑った。手を伸ばして彼に触れたいという愚かな衝動に突き動かされ、後部座席から身を乗りだした。テオの顔はすぐそこにある。まだ午前中だというのに、髭がうっすらと伸び、かすかに黒ずんで見える引き締まった顎が、すぐそこに……。

だが、スカイの体はシートベルトにぐいと引き戻され、彼女は再び座席にもたれると、後悔と安堵がないまぜになったため息をもらした。

後悔を覚えたのは、テオの顔に指を置いて彼の肌の熱いサテンのような感触をもう一度味わいたかったからだ。安堵をいだいたのは、心の奥底では、いったん彼に触れたらそれだけではすまないと自覚していたからだった。テオに触れておきながらそれ以上何もしないなんて、とうていできない。

「ええ、私はあなたが欲しくてたまらない」スカイはささやくように答えた。「でも、お父様と話をしたなら、私たちのあいだに障害が存在することは、あなただってよくわかっているでしょう」

頭の奥の暗闇(くらやみ)から、シリルに会いに行ったときに彼から告げられた言葉が聞こえてきた。

スカイは彼にすべてを――テオとの出会いや、その後起きたことを話そうと決心していた。結婚はしなくても、どうか父を助けてくださいと懇願する心の準備もできていた。シリルの使用人でも、あるいはベレニスが産む赤ん坊の子守り(ナニー)でもかまわない。どんなことでもすると申し出るつもりだった。

ところが、発言する機会すらなかった。

シリルはすでに赤ん坊のことを知っていたらしい。ここ数日、彼がひどくよそよそしかったのはそのせいで、急にアテネへ飛んだのも、その件で弁護士と相談するためだった。シリルがスカイと結婚しようと考えたのは、子供をつくるため、ただそれだけのためだった。ところがいまや自分に子供がいるとわかり、シリルはその子の母親、ベレニスと結婚することにした。つまり、スカイとの便宜結婚は取りやめになったのだ。

こうしたことを、シリルはきわめて事務的に淡々と話した。

ただし、彼はスカイに対して新しい提案も用意していた。

〝私は息子が君を見る目つきに気づいていた。あいつの目の光を見れば、何を考えているかはわかる。息子は君を欲しいと思っている。それは誰が見ても明らかだ。君が息子と結婚すれば、我々の取り引きはそのまま――〟

「どうして話してくれなかった？」

不愉快な回想をテオの声に遮られ、スカイは我に返った。

「どうして、君のお父さんが抱えている問題を僕に話してくれなかったんだ?」

「話せなかったのよ！　私は父に約束を……」

テオがギリシア語で何かつぶやいたので、スカイは口をつぐんだ。

「いまなんて言ったの?」

「君のお父さんは娘の忠誠心に値しないと言ったのさ。いったいどこの親が自己保身のために娘にこんなまねをさせるというんだ?」

「私が自分からすると言ったのよ！　それにこれは母のためでもあったの。父が刑務所行きになったら、母は死んでしまうわ。母は父がいないとだめだから……。父も……母をとても愛しているから、母を失うくらいなら、娘が犠牲になるほうがいいの。母を失ったら、父は生きる気力をなくしてしまう」

「わかったよ」テオは低い声で言った。「でも、許す気にはまだなれない」

「あなたのお父様も父を許してくれなかったわ」スカイは悲しげに言った。「私、父と……母になんと話したらいいのか……」

涙をこらえるために下唇を強く噛んだものの、それでも視界がぼやけ、彼女にはテオが動いたのが見えなかった。

「やめてくれ!」鋭い声で言うなり、テオは座席から身を乗りだし、スカイの下唇を親指でそっと撫でた。「唇を噛んだりするな」

その声に驚いてスカイは目を大きく見開き、黒い深みのある瞳をのぞきこんだ。優しく潤んだその瞳からは、磨きあげられた大理石のような堅さが影をひそめていた。

私は夢を見ているに違いない、とスカイは思わずにはいられなかった。目の前の光景が現実であるはずはない。

「そうだ、忘れていた……」

下唇に置かれていた手が急に引っこめられたので、スカイは抗議の声をあげそうになった。テオの指が置かれていた場所を自分の手でそっと押さえ、彼の指が残した感触を味わう。すると、テオが長方形の白い封筒をポケットから取りだし、後部座席に投げてよこした。

「何かしら？」スカイは目をしばたたかせ、封筒を見つめた。

「開けて、自分の目でたしかめてごらん」

スカイはシートベルトを外し、封筒を拾いあげて封を開けた。

出てきたのは一枚の厚い紙だった。テオの漆黒の瞳に見つめられて居心地の悪さを感じながら、スカイは急いでそれに目を通した。

「わけがわからないわ！　あなたのお父様は私の父を告訴しないと書いてあるみたいだけれど」

「でもどうして？　それにこれはどういう意味かしら？　この〝すべての支払いがなされたことによって〟というのは？」

「君のお父さんの負債は返済されたということさ」

「誰によって？」

答えはテオの目に表れていた。

「ああ、やめて！　お願いだから、あなたが払ったなんて……」

「もちろん、僕に決まっている」

テオにはスカイの反応が信じられなかった。冗談ではなく、彼女はぞっとしているように見える。

もし本当に何かを恐れているとしたら、僕は次にどうしたらいいんだ？　狭い車内でそれ以上じっとしていられなくなり、テオは勢いよくドアを開けて外へ飛びだした。それからスカイが座っている側の後部座席のドアを乱暴に開け、腰をかがめて彼女と向き合った。

「いったい何がいけないいんだ？　僕が君のお父さんの借金を払ったからといって、それがなんだというんだ？　父が君のお父さんを告訴しないと約束したら何かまずいのか？　父が僕の妻の父親を刑務所に入れたいなんて、君は本当に――」

「あなたの、なんですって？」

「僕の妻の父親さ。当然、僕の父は……」

スカイの表情を見て、テオは言葉を失った。そこにあるのは、たったいま彼が口にした言葉に対する拒絶を含んだ当惑だった。

「あなたったら、最初に私にプロポーズをするべきだとは思わないの?」スカイがこわばった声で尋ねた。

当然だった。僕はうっかり口を滑らし、すべてをめちゃくちゃにしてしまった。これはきちんと筋を通してするべきことだ。

「すまない……ついあわてて……僕は……」

車の外で片膝をつき、スカイの手を取る。

「スカイ、僕と……」

しかし、彼女はいままでよりもさらにぞっとしたような顔になった。そして、まるでやけどでもしたかのように手を引っこめようとした。

「いや……やめて! そんなことはしないで……それだけは! お願い、お金は一生かかっても返すわ……でも、私と結婚したいようなふりをするのはやめて! お願い!」

ショックのあまりテオはあやうく倒れそうになったが、どうにか踏ん張り、立ちあがった。まだスカイの手をつかんだままだったため、引きずられるような形で彼女も車から降りなければならなくなり、二人は図らずも開け放たれたドアを挟んで向き合うことになった。

「いったい……」テオはふと口をつぐんだ。

おまえはどういう間抜けだ？　スカイは僕とは結婚したくないんだ。それは明らかじゃないか。

「すまない」テオは彼女の手を放し、後ろに下がった。「どうやら君の気持ちをすっかり読み違えてしまったらしい。すまなかった」

スカイの頭は混乱しきっていた。何を信じたらいいのかわからない。

テオの提案――私の父を彼の義理の父親にすれば、私は彼に従うはずだという傲慢な決めつけは、とうてい受け入れられない。私にテオの目的が見抜けるはずがない、とたかをくくっているのだろうか？

だけど、私の手を放す前にテオがぎゅっと目をつぶったとき、とても深く暗い何かが彼の目をよぎるのが見えた。ほかの人だったら、苦悩と呼びたくなるような何かが……でも、まさかテオが？

「私も謝らなければいけないわ」スカイは口ごもりながら応じた。「イエスと言えればよかったのだけれど……あなたは親切にも……」

「親切だって？」

「こうすれば欲しいものをすべて手に入れられる。あなたがそう考えたのはわかるし、島のことは残念だと思うわ。でも――」

「ちょっと待ってくれ」テオが口を挟んだ。「僕が欲しいものをすべて手に入れられるというのは、いったいどういう意味だ？」

「あなたのお父様が約束したもののことよ。私と結婚したら、あなたは相続権を――ヘリコスを手に入れられる。そのことであなたの力になれたらよかったと思うわ。でも、あなたがお父様に結婚を無理強いされそうになったとき、あなたがどう感じたか、私に話してくれたでしょう。もし私と結婚したら、あなたはいずれ後悔することに……」

　テオは当惑しきった顔をしていた。

「あなた、私がなんの話をしているか、わかっていないの？」

「まったくね」

「お父様から聞かなかったの？　あなたが私と結婚すれば、お父様はあなたに財産を――この島を相続させるつもりだということを？　前にお父様が結婚相手を勝手に決めようとしたとき、あなたが腹を立てたことを私は知っていた。だから、あなたにもう一度同じ思いをさせるわけにはいかなかった。それに……私と便宜結婚などしたら、いつかあなたがひどく後悔するかもしれないと思うと、耐えられなくて……」

「君の言うとおりだ。僕はきっと後悔しただろう」テオが重々しい口調で言った。

「当然よね」

だが、テオが言いたかったのは、スカイが考えているようなことではなかった。

「もし、父に命じられたからという理由だけで君と結婚していたなら、ね。以前に父から強制されそうになったとき、そんな結婚は絶対にいやだと思ったのは、自分が愛する女性としか結婚したくなかったからだ。残りの人生を分かち合うにふさわしい相手、一緒に年をとりたいと思える相手と、ね」

「そんな女性が……見つかるよう祈るわ」

「もう見つけたよ」

彼の声は力強く、自信に満ちあふれており、スカイは胸を引き裂かれた。「それは誰なの？」きかずにはいられなかった。

「君さ」テオは答えた。

私の聞き間違いよ、とスカイは自分に言い聞かせた。いまのは私の愚かな弱い心がでっちあげた幻聴だわ。本当であるわけがない！

「父がヘリコスを取り引き材料として利用しようとしていることを知った瞬間、僕はそんな提案とはかかわりたくないと思った。ヘリコスを手に入れたいがために結婚を申しこんでいると思われたら、僕が心から愛しているということを君にわかってもらえなくなってしまう。僕は君を愛しているんだ、スカイ。この世界の何よりも」

「でも、あなたは……ヘリコスをとても大切に思っているのに」

「君のほうが大切だ。たとえこの島を手に入れても、君を失ったら、僕は世界を失ったも同然だ。島は僕に愛を返してはくれない。だが、君は……いつか僕を愛してくれる日が来るかもしれない。そう僕は期待しているんだ」

「その日はもう来ているわ。私は――」

スカイに言えたのはそこまでだった。テオに抱き締められたかと思うと、激しいキスで口をふさがれたからだ。世界がぐるぐると回転し始め、歓喜に満ちた黄金色のもやに包まれた。

そのキスは、これまでに二人が交わしたキスと同じく燃えるような情熱にあふれていたが、今回は深い愛情が伴っていた。

ようやくテオが唇を離したとき、スカイの目は涙に濡れていた。感極まった至福の涙だった。テオは彼女をさらに強く抱き締め、顎の下に手を入れて顔を上向かせた。

「僕と結婚してくれるかい、いとしい人？　これからの人生を僕と一緒に生きて、僕が君をどれだけ深く思っているか、証明させてくれるかい？」

喜びのあまり口をきくことができず、スカイはただうなずいた。それでも、気持ちは顔に表れているはずだった。念のため、彼女はもう一度心を込め、最高のキスを返した。

「教えてほしいことがあるの」長いキスのあとで、ほんの少しだけ体を離そうという気になったとき、スカイはささやいた。「私がどうしても別れると言ったら、あなたは私をこの島から去らせてくれた？」

「君がどうしてもと言ったらね。でも、君がどこへ行こうと、僕も一緒に行くつもりだった。僕の愛を信じてもらえるまで……そして僕と結婚すると約束してもらえるまで、君を僕の目の届かないところにやるつもりはなかった」

「本当に？」

「証拠を見せよう」

　手を握ってスカイを車の後部へ連れていくと、テオはトランクを開けた。彼女の荷物の横に、スーツケースがもう一つ並べてあった。

「僕は荷物をまとめ、ここを去る準備をしていたんだ、いとしい人。僕は父に、あなたからは何ももらうつもりはないと告げた……ただ、君のお父さんを赦免してほしい、と。さっきの書類は、僕たちに対する父からの結婚祝いだ。君さえ僕のものにできれば、僕はほかには何もいらない」

　トランクから二人分の荷物を取りだすと、彼はヘリコプターに向かって歩きだした。そして機内に荷物を積みこんでから、もう一度スカイを振り返り、片手を差しだした。

「スカイ、いとしい人。僕と一緒に来てくれるかい？　一緒に来て、新しい生活を——僕との結婚生活を始めてくれるかい？」

「それこそ、私がこの世でいちばん望んでいることだわ」

しばらくして、ヘリコプターのエンジンがあたりに轟音(ごうおん)を響かせ、プロペラがまわりだした。すぐに機体が上昇していく。

テオとスカイは島を離れ、明るい未来へと飛び立った。手に手を取って。

●本書は、2006年11月に小社より刊行された作品を文庫化したものです。

情熱を捧げた夜

2024年1月1日発行　第1刷

著　者　ケイト・ウォーカー

訳　者　春野ひろこ（はるの　ひろこ）

発行人　鈴木幸辰

発行所　株式会社ハーパーコリンズ・ジャパン
東京都千代田区大手町1-5-1
03-6269-2883（営業）
0570-008091（読者サービス係）

印刷・製本　中央精版印刷株式会社

この書籍の本文は環境対応型の植物油インクを使用して印刷しています。

Printed in Japan © K.K. HarperCollins Japan 2024 ISBN978-4-596-53167-4

12月22日発売　**ハーレクイン・シリーズ 1月5日刊**

ハーレクイン・ロマンス

愛の激しさを知る

ギリシア富豪とナニーの秘密　キム・ローレンス／岬　一花 訳
《純潔のシンデレラ》

秘書は一夜のシンデレラ　ロレイン・ホール／中野　恵 訳
《純潔のシンデレラ》

家政婦は籠の鳥　シャロン・ケンドリック／萩原ちさと 訳
《伝説の名作選》

高原の魔法　ベティ・ニールズ／高木晶子 訳
《伝説の名作選》

ハーレクイン・イマージュ

ピュアな思いに満たされる

野の花が隠した小さな天使　マーガレット・ウェイ／仁嶋いずる 訳

荒野の乙女　ヴァイオレット・ウィンズピア／長田乃莉子 訳
《至福の名作選》

ハーレクイン・マスターピース

世界に愛された作家たち
～永久不滅の銘作コレクション～

裏切られた再会　ペニー・ジョーダン／槙　由子 訳
《特選ペニー・ジョーダン》

ハーレクイン・ヒストリカル・スペシャル

華やかなりし時代へ誘う

侯爵と疎遠だった極秘妻　マーガリート・ケイ／富永佐知子 訳

鷹の公爵とシンデレラ　キャロル・モーティマー／古沢絵里 訳

ハーレクイン・プレゼンツ作家シリーズ別冊

魅惑のテーマが光る極上セレクション

純粋すぎる愛人　リン・グレアム／霜月　桂 訳

1月12日発売　ハーレクイン・シリーズ 1月20日刊

ハーレクイン・ロマンス　愛の激しさを知る

貧しき乙女は二度恋におちる　シャンテル・ショー／悠木美桜 訳

夢の舞踏会と奪われた愛し子　ジャッキー・アシェンデン／小長光弘美 訳
《純潔のシンデレラ》

一夜だけの妻　ルーシー・モンロー／大谷真理子 訳
《伝説の名作選》

許されぬ密会　ミランダ・リー／槙　由子 訳
《伝説の名作選》

ハーレクイン・イマージュ　ピュアな思いに満たされる

奇跡の双子は愛の使者　ルイーザ・ヒートン／堺谷ますみ 訳

はねつけられた愛　サラ・モーガン／森　香夏子 訳
《至福の名作選》

ハーレクイン・マスターピース　世界に愛された作家たち ～永久不滅の銘作コレクション～

愛はめぐって　ベティ・ニールズ／結城玲子 訳
《ベティ・ニールズ・コレクション》

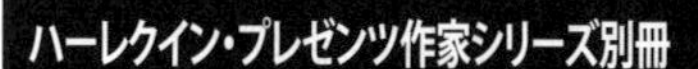

ハーレクイン・プレゼンツ作家シリーズ別冊　魅惑のテーマが光る極上セレクション

罪の夜　リン・グレアム／萩原ちさと 訳

ハーレクイン・スペシャル・アンソロジー　小さな愛のドラマを花束にして…

傲慢と無垢の尊き愛　ペニー・ジョーダン他／山本みと他 訳
《スター作家傑作選》